巫克拉拉

Wildwitch 之 重生轮回

[丹]琳恩·卡波布 著

张 同译

朝华出版社
BLOSSOM PRESS

著作权合同登记号 01-2019-5135

Vildheks6: Genkommeren
Copyright © 2014 by Lene Kaaberbøl
Published in agreement with Copenhagen Literary Agency,
through The Grayhawk Agency. Simplified Chinese
translation copyright © 2019 by Blossom Press.
All rights reserved.

图书在版编目（CIP）数据

女巫克拉拉之重生轮回 /（丹）琳恩·卡波布著；
张同译. —北京：朝华出版社，2019.12
　　ISBN 978-7-5054-4529-1

　　Ⅰ.①女… Ⅱ.①琳… ②张… Ⅲ.①儿童小说－长
篇小说－丹麦－现代 Ⅳ.① I534.84

中国版本图书馆 CIP 数据核字（2019）第 187696 号

女巫克拉拉之重生轮回

著　者	[丹]琳恩·卡波布		
译　者	张　同		

选题策划	刘冰远　张　丽	封面设计	马尔克斯文创
责任编辑	宋　爽　张　璇	插画绘制	徐瑞翔　王　香　等
责任印制	张文东　陆竞赢	排版制作	中文天地

出版发行	朝华出版社	
社　址	北京市西城区百万庄大街 24 号	邮政编码　100037
订购电话	（010）68996050　68996618	
传　真	（010）88415258（发行部）	
联系版权	zhbq@cipg.org.cn	
网　址	http://zhcb.cipg.org.cn	
印　刷	环球东方（北京）印务有限公司	
经　销	全国新华书店	
开　本	880mm×1230mm　1/32	字　数　120 千字
印　张	6	
版　次	2019 年 12 月第 1 版　2019 年 12 月第 1 次印刷	
装　别	平	
书　号	ISBN 978-7-5054-4529-1	
定　价	28.80 元	

目 录
Contents

第一章　会飞的"追踪犬"　　　　　　001

第二章　血气　　　　　　　　　　　007

第三章　最近的荒野巫师　　　　　　015

第四章　最短的荒野之路　　　　　　027

第五章　倒计时　　　　　　　　　　035

第六章　虫子战争　　　　　　　　　045

第七章　竖琴声　　　　　　　　　　053

第八章　卡米拉　　　　　　　　　　061

第九章　公牛之血　　　　　　　　　067

第十章　来得及吗　　　　　　　　　073

第十一章　美洲狮的交易　　　　081

第十二章　彩虹屏障　　　　091

第十三章　片刻安宁　　　　101

第十四章　体内的叛徒　　　　109

第十五章　游离液　　　　119

第十六章　字里行间　　　　131

第十七章　暗号"勇士"　　　　139

第十八章　被遗忘的人　　　　149

第十九章　火圈　　　　155

第二十章　尘埃之谷　　　　167

第二十一章　最后一座桥　　　　175

第二十二章　重振荒野世界　　　　183

WILD WITCH

Chapter 1
第一章
会飞的"追踪犬"

蓝天蒙着一层薄雾，树上的鹦鹉七嘴八舌，比整个森林其他的鸟儿都要吵。我知道我应该起来了——至少过一会儿一定要起来了——现在这样躺着可真舒服啊。经历了攀爬、跳跃、跋涉和战斗的身体终于得到了舒展。我就这样躺在沙滩上，沐浴着阳光，仰望着蓝天，什么也不去想。

突然，一只巨大的飞鸟进入我的视线。它的一对翅膀宽得像两扇门。它缓慢地在空中盘旋着，每转一圈就会下降一点儿。在它巨大双翼的衬托下，鹦鹉们活像五颜六色的小麻雀。

是一只鹰吗？我完全不知道在卡赫拉的小岛上会看到什么样的鸟。

不，这肯定不是一只鹰，它的脖子太长了，不是吗？为了看清它，我面朝阳光眯起了眼睛。这只巨鸟的高度又降低了几米，一下子离我有些近了，我开始微微感到不安。它那么大……虽然猛禽很少攻击人，但是……

一只乌鸦幼雏发出了惊恐的叫声，我听不出到底是阿库斯的荒野伙伴爱娅还是另一只小乌鸦。阿库斯正在轻声安抚着它俩。

就在这只巨鸟继续俯冲时，我站了起来。它降落在我面前，略显笨拙地朝我走了几步。它的双眼周围布满了皱纹，皮肤透出粉红色。除了那只黄色的尖锐有力的喙之外，它看上去就像一个气喘吁吁的老人。它的双眼闪烁着邪恶的红光，翅膀上、头上还有喙边缘满是已经变干的血迹。

"走开！"我不由得大喊，举起手护住脸。几乎同时，我感到手臂传来一阵剧痛，这只鸟身上散发的酸臭腐烂气味也扑面而来。巨鸟扇动翅膀重重拍打了我一下，接着便飞起来，朝着大海飞走了。

"嗷！"我叫着。

我的胳膊上出现了一个很深很深的洞，甚至可以把手指伸进去。一瞬间，我愣在了那里，然后眼看着这个洞突然裂开，血液喷涌而出，顺着胳膊流下来。

"噢不，"什么也不是惊叫，"发生了什么？"

卡赫拉已经站起来了。"这是猛禽，"她说，"一只秃鹫，我猜！"

我还以为是一只鹰，没想到是一只食腐动物……嗷，好疼！

"它咬了我！"我说。

奥斯卡仔细观察着我的伤口，看起来异常平静。

"很深，"他说，"甚至能看到肌肉……"

伤口的疼痛开始变得剧烈。

"卡赫拉，"我问，"你能不能……"一想到被秃鹫咬了，我就感到一阵恶心。

卡赫拉抓着我的手腕，开始唱荒野之歌。我马上就看到血流得缓慢了，血迹开始变干，伤口也闭合了一些，但还是没有痊愈。这样的伤口对于卡赫拉这样优秀的女巫来说也是个难题。

"洗洗伤口。"她说着指了指正缓缓拍打着沙滩的海浪。

"用海水，不会更疼吗？"

"盐水能防止感染，"她打断我说，"按我说的做。"

我费力地走出几米，满腹疑惑地把胳膊伸进海水里。随之而来的疼痛实在难以忍受，我不得不集中注意力去想被海水冲刷掉的细菌。

"我还以为秃鹫不会攻击活人，"奥斯卡说，"会不会是它以为你已经死了，那时你正好安静地躺着。"

"可我后来站起来了啊！这样它不会还以为我是一具尸体吧？"

"秃鹫不喜欢飞越大海，"卡赫拉说，"但它刚刚在攻击你之后飞向了大海。一般来说，它们最喜欢山。我总感觉有哪儿不太对劲……"

"你猜它是动物仆人吗？"或者飞鸟仆人？应该这么叫吧，也就是那些被迫放弃自己天性的动物，比如那些受卡赫拉的妈妈驱使的蛇——在最后的反抗之前，它们一直是她的仆人。

"也许是吧。"

但谁会那样做呢？现在拉米亚已经死了，我只能想到一个会做出这种事的巫师。

"是不是布拉维塔？"

"我怎么会知道呢？"卡赫拉懊恼地说，"我并不知道那些邪恶的巫师是怎么想的。只是因为我妈妈曾经……只是因为我妈妈……"她哽咽了。她的肩膀抽搐着，她在努力不让自己哭出来。

"我不是那个意思，"我轻声说，"只是因为你比我们其他人更有智慧，至少比我厉害多了，你知道得更多。"

"伤口还疼吗？"她问。

还有些疼痛，但在用海水冲洗后，伤口干净多了。

"没什么大碍，"我说，"但最好还是能找到什么东西裹住伤口。"

卡赫拉把她妈妈送给她用来搭配公主套装的丝巾递给我。

"秃鹫的嗅觉很灵敏，"卡赫拉一边思考一边说，"它们能轻易分辨出活着的生命和腐烂的尸体，而且能追踪几千米外的气味。"

"哎，这个我知道！"奥斯卡恍然大悟，"有的地方的人们会用秃鹫寻找横贯大陆的输气管道的泄漏处。"

从奥斯卡的口中听到"横贯大陆"这样的词着实有趣，但的确，有时候他会知道一些奇奇怪怪的事。

"你从哪儿知道的？"我问，"怎么寻找？"

"人们往管道里传输一些腐败的气味，然后等着看秃鹫会在哪里盘旋。我之前看过一个节目，里面的动物都有奇特的分工。你知道人们会用艾鼬在足球场下方长长的管道里拉线吗？"

"不知道，"我茫然地说，"但很重要吗？先不说艾鼬，我想听关于秃鹫嗅觉灵敏的事。"我觉得这实在令人惊讶。人们看到鸟时一般不会去想它们的嗅觉，它们长着长长的喙，又不是长长的鼻子。

卡赫拉看向大海的方向。虽然秃鹫已经飞远了，她还在试图寻找它的踪迹。

"也许是，有人需要一只追踪犬，"她说，"一只能快速搜索一大片区域的猎犬……"

"这就是人们用它们检测横贯大陆的管道的原因。"奥斯卡书呆子似的自说自话。

"于是用一只秃鹫代替追踪犬？"说着我打了一个冷战，这不是气温的原因——现在至少有三十摄氏度。

"噢不，"什么也不是说，"有人在跟踪我们。"它看了一眼我的胳膊，丝巾绷带上已经出现了一摊血迹，"而且看起来追踪我们的人并不喜欢我们！"

阿库斯一直一言不发——他经常保持沉默，甚至会让大家忘记他的存在。突然，他站了起来。

"我们要把这两只乌鸦送回乌鸦壶，"他说，"它们在这里不安全。"

我小心翼翼地扶了扶胳膊，心想：不仅是它们，我们所有人在这里都不安全。

WILD WITCH

Chapter 2

第二章

血 气

"如果能在这里度假多好啊。"收拾东西打算离开时，我自言自语，希望能有一周的时间待在这儿，躺在棕榈树的树荫下，吃着自然熟透的杧果，喝着椰奶，想要游泳时就跳进蓝色的水里。为什么卡赫拉从来没有邀请过我来她家呢？我之前都不知道她住在风景如此优美的热带。

她爸爸很可能不让别人上门拜访。过去的这些年，他成功向卡赫拉隐瞒了她妈妈到底是一个什么样的人，以及她妈妈的去向。他一直将拉米亚关在迷宫里，让卡赫拉以为她"消失了"。他一定不想卡赫拉向她学习巫术。

爱莎姨妈和荒野世界的其他人知道这件事吗？爱莎姨妈是因为这个答应教卡赫拉的吗？这样卡赫拉就能成为一个态度端正的女巫——关照荒野世界但不过度利用它，奉献在先，索取在后。显然，这样的规则拉米亚从来都不懂。

我朝卡赫拉走去。她已经在公主套装外套上了色彩鲜艳的毛开衫，又往背包里塞了几件衣服。现在，她站在那儿，注视着空荡荡的家，看起来她需要一个拥抱——虽然她从来不是会做出亲昵动作，和别人拥抱、行贴面礼的人。

奥斯卡抢先一步。他走到卡赫拉面前，轻轻拍了拍她的肩膀。

"你还好吗？"他轻声问。

她微微地点了点头，然后再没有什么回应。不过她的肢体语言却告诉我们："不，我一点儿都不好，但我要假装自己还好。"

我觉得奥斯卡一定懂她的意思，因为他又激励性地拍了拍她的肩膀，帮她拿着背包。她冲他露出了一个细微又疲惫的笑容。

奥斯卡是我最好的朋友，看到眼前的情形，我不免有一丝嫉妒。但现在，在这个世界上，卡赫拉除了我们以外没有别人了。她的妈妈死了，她的爸爸一动也不能动。如果我们不把爱娅和另外一只小乌鸦送回乌鸦壶，那么米拉肯达大师和爱莎姨妈以及她的巫师朋友们——珊妮娅、波莫雷恩斯夫人和马尔金先生，就再也醒不过来了。只有乌鸦幼雏能帮助乌鸦之母，在他们五个的生命迹象消失之前，将他们从停滞的时间中解救出来。

就在这时，小猫跳到我的身后，用爪子扒着我的衣服，一直爬到我的肩膀上。它抖了抖身子，藏在毛里的沙子朝四下里飞溅。我赶忙闭上眼睛，免得眯了眼，但衣服上已全是被它抖落的沙子。小猫从我的衣领下探出头来，对着我的脸颊一阵乱舔。

"咪——咪——咪——咪——"

"好好，"我说，"我知道了。"我把小猫朝耳后推了推，它就躺在了自己最喜欢的位置。

"准备好了吗？"我问，"卡赫拉，你能不能……"的确，我们当中只有卡赫拉最擅长走荒野之路。

她点了点头。

"或许我们应该手拉着手走，"什么也不是叫道，"万一再有乌鸦风暴怎么办？"

什么也不是根本没办法拉手，但我们大家都没有愚蠢地说出这个事实。

"好主意。"我把不情愿的小猫放进衣服里——从它身上散落的沙子硌得我更难受了，这样什么也不是就能像以往一样站在我的背包上。奥斯卡、卡赫拉、阿库斯和我手拉着手。卡赫拉闭上眼睛，嘟囔着什么，她在吟唱荒野之歌。

"好了，"她说，"这条路。"

雾突然聚集起来，前一秒我们还走在沙滩上，后一秒……

肯定是什么地方出了问题。

迷雾在我们周围凝住了。尽管知道卡赫拉就走在前面，但我完全看不见她。我能感受到奥斯卡的手，也能隐约看到他的轮廓。阿库斯则紧张地抓住我。除此之外，我什么也看不见，就像瞎了一样。

"好热，"奥斯卡说，"以前也是这样吗？"

上次荒野之路上的乌鸦风暴来临前也是如此，之后乌鸦壶所有的成年乌鸦都被杀死了。

"卡赫拉！"我大声喊，"我们从这里出去吧！"

远处传来一阵奇怪的声响，我突然发现周围已经不再是灰蒙蒙一片了。迷雾中闪现出一道暗红色的裂口，像陈旧的血迹。我听到卡赫拉的咳嗽声，刹那间我也感觉眼睛和肺开始剧烈地疼痛。我开始急促地咳嗽，胸腔下的膈膜似乎挤作一团。到底发生了什么事？

"气体！"奥斯卡屏住呼吸说，"卡赫拉，快走！"

他紧紧抓住我的手，我抓住阿库斯的手。突然猛地一震，我们就走出了迷雾。我一条腿的胫骨传来剧烈的疼痛，令我不得不松开奥斯卡的手。小猫也在疯狂挣扎，用爪子挠我的胸膛。后来我看到了八道被挠破的伤痕，虽然小，但很深。

我依然什么也看不见，眼泪不断顺着脸颊滚落。我不断地咳嗽，当我试图用松开的那只手拭去眼泪时，情况愈发糟糕，似乎那些温热的血红色蒸气仍然附着在我的皮肤上。空中突然下起了倾盆大雨，冲刷着我的头发和衣服，谢天谢地，我感觉雨水洗干净了我的皮肤。我仰起头，努力睁开眼睛，让雨水继续冲洗双眼。

我就这样待了几分钟，直到视力恢复正常。

我们身边黑洞洞的——不是那种偏僻乡下常有的漆黑，而更像是城里开着路灯的夜晚。胫骨的疼痛让我异常感激身边有一张长椅可以坐下来——那种公园里用铁和塑料制成的最普通的绿色长椅。有那么一瞬间，我以为自己回到了家乡。最初真的有一丝相像，但这显然不是我家附近的公园，花草树木完全不一样。长椅后茂密的灌木丛足足有几米高，喇叭状的白色花朵散发出香甜的气息，混合着莫名气体的气味，令人有些作呕，完全谈不上舒服。在道路和草丛另一侧的大树上坐着四只小猴子，正瞪大眼睛看着我们。

不，我们肯定没回家，也没接近乌鸦壶。那么，我们到底在哪儿？荒野之路发生了什么？

"阿嚏……噢不……阿嚏……啊呀……这是什么鬼地方？"什么也不是呻吟道。它不停地拍打着翅膀，扇起一阵阵微风，它不是想要起飞，而是在努力克制用翅膀揉眼睛的冲动。

"把翅膀伸展开，这样雨水就能更好地冲洗它们了。"我建议。

它按我说的做了，但双翅仍然在不住地抖动。公园中的路灯散发出微弱的光，什么也不是的眼睛又红又肿。我的眼睛应该也是这样吧？

"应该是某种气体。"奥斯卡说。他看起来也不太好，眼泪和雨水流过他布满雀斑的脸颊，"就像有毒的血气。"

小猫极力挣扎，终于挣脱我的衣服，跳到了公园的小路上。它甩了几次头，很明显它不喜欢下雨，但似乎还可以忍受。

"阿库斯，"我大喊，"小乌鸦们还好吗？"

"还好，"他的声音略显嘶哑，"我的衣服应该可以保护它们，至少起一些作用。"

看起来，所有动物受到的伤害都比我们这几个人受到的要轻。

"卡赫拉,"我问,"我们在哪儿?"

"我不知道,"她说,"我们只能想办法离开这里。"

万幸的是,我们成功躲过了一场劫难。一回想刚才的场景,我就后背发凉。在荒野之路中最重要也最难做到的事,就是弄清自己到底在哪里而不迷路。有的人也许永远都找不到出路——珊妮娅的父母就是这样死去的;有的人可能走到错误的出口,比如在二十米深的海中。

很有可能,我们身处热带雨林中一个陌生的城市。穿越了迷雾和毒气后,我们离目的地依旧很远,但是我们很幸运。

我们还活着。

第二章 血气

WILD WITCH

Chapter 3

第三章

最近的荒野巫师

"二十六块五，"奥斯卡气馁地点着我们身上所有的钱，"而且这儿的人们应该会使用另外一种货币。"

"肯定不够买比萨。"我长叹一口气。我们给乌鸦幼雏准备了食物，但没给自己带，因为我们还以为一个小时之内就能到。

真希望我刚刚没说"比萨"这个词，现在恶心的感觉已经消失了，而我的肚子感到了无尽的空虚。我不喜欢饿肚子的感觉，这让我想起了布拉维塔在我身体里重生时，我所感觉到的饥饿。我还记得，当时自己多么渴望直接吞下一窝刚刚出生的幼獾。

"我不要经历这样的事了，"卡赫拉说，"再也不要了。"

我用疼痛的眼睛看着她，表达了同样的看法。再也不要了。

"那些毒气是从哪儿来的呢？"什么也不是问。

"布拉维塔，"我不假思索地说，"是她，我猜她想阻止我们前往乌鸦壶。"

"你怎么知道？"奥斯卡问。

"有她的气味。还有谁会这样做，或者有能力这样做呢？"

"你是说那气体是有魔法的？是巫师制造的？"他看起来一脸疑惑。

"你不这样认为吗？"

"阿嚏，这气体只是一些化学物质，$C_{10}H_5ClN_2$ 之类的。"

"这是什么意思？"我问。

"这是一种催泪气体的化学式。"

就像我之前说的，有的时候，奥斯卡会知道一些极其稀奇的事情，特别是和武器有关的。

"一定是她，"我坚持，"我确信。"

"我不是说不是她干的，只是我不知道她是如何做到的。她看起来不像那种会制作毒气手榴弹的人，不是吗？"

我又累又饿，而且眼睛极不舒服，被秃鹫咬过的胳膊也疼痛难忍。绷带已经湿透了，于是我把它摘了下来，顿时感觉好多了，雨水浇在伤口上，冰凉清爽。刚刚被毒气包围的感觉总是挥之不去，这让我恼火极了，真想把衣服都脱下来洗一个雨水澡。

"我不知道她是怎么做到的，"我不耐烦地说，"现在这个问题也无所谓了。有人能说说我们接下来该怎么做吗？"

我环顾四周。我们就像一群被水淹的老鼠——当然，勇士本来就一只老鼠，或者说是一只榛睡鼠。它坐在奥斯卡的肩上，不停地用两只前爪擦鼻子和胡须。这真的很少见。如果让我猜奥斯卡想把什么动物当作自己的荒野伙伴，我肯定不会说是勇士，也许会是一只狗，至少是比勇士更大更勇敢的动物吧。不过爱莎姨妈曾经说过，最好不要选那些和我们太过相像的动物当荒野伙伴，而应该选那些可以和我们互相学习的动物。奥斯卡本来就足够勇敢了，所以也许他应该学习动物的其他品质，比如严肃对待危险？

"我们需要帮助。"卡赫拉说。

"是的，"我回答，"应该如何寻求帮助呢？"

"要找到离我们最近的荒野巫师。"她说，"真希望他是一个友好的人。"

"好的，"我说，"那接下来怎么做？"我几乎失去了耐心。

卡赫拉咬了咬嘴唇，然后被雨水打湿的脸上露出了一丝微笑，她指了指树上的猴子。

"我们问住在这里的动物吧。"她说。

"你确定在这儿问吗？"我说。

有一只猴子用与体型极不相称的圆溜溜的大眼睛盯着我看。卡赫拉说它是眼镜猴，这个名字真的不太好听。这只猴子的体型还没有普通的仓鼠大，但长着用于攀爬的长长的四肢，圆圆的脑袋上长着一个小巧的鼻子，一对耳朵和蝙蝠的类似。它脸上的空间几乎都被眼睛占据了——大大的金色眼睛中间是像图钉帽儿一样的黑色瞳孔。

尽管是卡赫拉开的头，但这只猴子先跳到我的头上，然后落在了我的肩膀上。我猜它一定不想太靠近卡赫拉的荒野伙伴萨迦。这只猴子实在是太小了，我感觉肩上就像站着一只小鸟。

它没有回答我的问题，似乎有些不耐烦。

这完全不像一个巫师的家。我不知道这里一个普通的巫师住所应该是怎样的——也许是一座有着棕榈叶房顶、带阳台的别墅？但眼前的建筑完全不是别墅。它就像一个巨大的白色水泥盒子，上面有金属百叶窗，周围是整齐对称的花园植物，最外面用刷着黑色油漆的栅栏围了起来。门口有一部对讲机和一个监视器，大家都谨慎了起来。

奥斯卡按下呼叫按钮，我们听到了一点儿响动，然后就没有声音了。他又按了按。

"也许这里现在是午夜。"我说。

扬声器里突然传出一阵咝咝声，接着有人说："有事吗？"

眼镜猴从我的肩膀上一跃跳到了门上，看起来像是冲里面说着什么。接着，另一头有一个声音在问："比玛？是你吗？"

小猴子又用无声的语言"说"了什么。

接着，门吱呀一声慢慢打开了。

"请进。"门内的声音说，"比玛，你这次又带谁来了？"

"我得解释一下，比玛从来没有带人类来过这里，"一位女士透过眼镜的边缘打量着我们，"以前带来的一般都是需要帮助的猴子。但请坐，你们看起来也遇到了困难。"

她看起来很瘦小，也上了年纪，让我想起了波莫雷恩斯夫人，尽管她们长得并不像。这位女士以前应该是一头黑发，现在白发中夹杂着一些青丝，看起来头上就像趴着一只小斑马。她肉桂色的脸上布满了皱纹，眉毛是炭黑色的。她穿着白大褂，没系上扣子，露出了金色配松绿色的套装。

从她的眼里能感受到友善。她介绍自己是于莉博士，随后无比惊讶地打量着我们——如果她早一点儿看到是一群年轻巫师和什么也不是这样的生物，说不定就不会开门了吧。她一直在笑，闪亮的黑眼睛几乎要消失在皱纹里了。比玛一边发出自己奇特的无声"尖叫"，一边跳到她的胳膊上，然后便舒适地躺在她的臂弯里，一脸享受地让她轻抚自己的肚子。它细小的前肢伸到头顶，两条腿耷拉着，就像被挠舒服的小狗一样。

房子里面是家和实验室的结合，看起来比外面更有巫师之家的氛围。大部分墙面被色彩鲜艳的海报覆盖了，海报上有哺乳动物、飞鸟和昆虫的照片。屋里有一些技术设备——显微镜和更多的神秘仪器，看起来于莉博士可以用这些仪器来离心、脱水、蒸馏、震动、过滤、发酵，并分析世间万物。但屋里的家具看起来不同于实验室的风格——摆满了各色丝质靠枕的长绒毛沙发、红木圆桌、多彩的羊毛地毯，还有几把亮漆藤椅，椅背上画着开屏的孔雀。

"请坐，"于莉博士指了指那些孔雀椅说，"你们想喝点儿冷饮吗？我家有果汁和柠檬水。茶也有，如果你们更想喝热饮的话。"

我的嗓子仍然很疼，一想到酸酸的柠檬汁和滚烫的茶，就觉得更疼了。

"只来点儿冰水可以吗？"我问。

"真是一个简单的要求，"于莉博士说着露出了更大的微笑，"长椅后面有一个水壶。"她指了指实验台上一个看起来像显微镜一样的器械。

我艰难地站起来，用塑料杯接了一杯水，也帮其他人倒了水。看起来，所有人都口干舌燥，动物们也是。乌鸦幼雏也从阿库斯的衣服里探出头，用小小的喙喝水，脑袋向后一耸一耸的，有点儿像饮水的公鸡。

"抱歉一直盯着你看，"于莉博士在打量了什么也不是许久以后说，"但我从来没有见过这位女士这样的生物。我能问问你叫什么名字吗？你从哪里来呢？"

什么也不是看起来有些惊慌失措。

"噢，"它说，"我……嗯……我完全是个意外，我叫什么也不是。"

于莉博士挑了挑眉毛。

"这不能算是一个名字吧。"她说，"这个称呼不太合适，如果不注意的话，可能会以为只是一个很对付的词。要是别人一直这么叫你的话，好像也不妥当啊。"

"噢……"什么也不是说，"对不起！但我没有其他名字。"

"你要对你自己的人生负责，"于莉博士严肃地说，"我们很快会帮你找到一个更好的名字！"

"我会试试。"

可怜的什么也不是，能看出来它现在愈发觉得自己的情况糟糕了。

"我们一定会帮你的。"我对它说，接着轻轻拍了一下它的一只手。

于莉博士摇了摇头。

"和你们没关系。"她说，"我是担心什么也不是渐渐真的会变成'什么也不是'，迷失自己。"

什么也不是看起来快要哭了，我不理解和蔼可亲的于莉博士为什么要说这么吓人的话，这听起来真的难以接受。我有些质疑她的说法。

"显然，我根本不用问就能确定你们是荒野巫师。"于莉博士继续说，"但你们在这儿做什么？发生了什么？"

"我们原本要去乌鸦壶……"我说。

"乌鸦壶？"于莉博士重复道，"那你们绕路了啊！"

"我们没走多远，"奥斯卡解释，"迎面就来了一股火热的红色血气，我们无法继续赶路。"

"我不得不带领大家逃出来，"卡赫拉说，她看上去像打了败仗一样沮丧，"我猜这儿应该是最近的出口。"

于莉博士缓缓地点了点头。

"在公园里？"她问。

"是的。"

"确实，在公园这样普通的场所更容易走进或走出荒野之路。我经常去公园里散步，可以说，我在那里走出了一条小路。你们很幸运，可以从那里出来。"于莉博士说。

"我知道。"卡赫拉垂头丧气地说。

"不是在批评你，亲爱的，你已经做到最好了。如果你不像现在这么有智慧的话，情况会糟糕得多。"

"谢谢。"她嘟囔了一句。

"对我们来说，尽快赶到乌鸦壶这事极其重要。"我说，"我们要把仅存的两只小乌鸦送回去。"

于莉博士看起来吃了一惊。

"仅存的两只？"她说，"可是，怎么会……"

"所有的成年乌鸦都被一场残酷的风暴杀死了。你听说过布拉维塔吗？"

"听说过，但是大多数人都以为她已经死了。难道她又活过来了吗？重生者？"于莉博士的脸色突然变得苍白，比玛也惊叫了一声，用双手捂住自己了脸。

"是的，我们是这么认为的。她还没找到可以依附的身体，所以行动受到了很大的限制，但她仍然无比强大。我确定，乌鸦风暴和血气都是她干的。"

我很开心自己说出了布拉维塔。我本不想提起她，但为了避免说出卡赫拉踩碎乌鸦蛋的事情，只好这么说了。当时那些小乌鸦很快就要破壳而出，而卡赫拉受到了她妈妈的胁迫……这件事情解释起来太复杂了，卡赫拉到现在还是懊悔不已。

　　"但她想要达到什么目的？"于莉博士说，"那个重生者，她为什么要杀死乌鸦？"

　　"因为她想统治世界。"奥斯卡用反派常用的戏剧性口吻夸张地说道。

　　"或者……"我尝试回想关于布拉维塔的噩梦，"或者……她想要报复禁锢了她几百年的人，还有那些摧毁了她视为神圣之物的人。"

　　于莉博士叹了口气。

　　"我才九十二岁，"她说，"还没过百。但想到我的人生中经历过的失去……"她说着抚摸了一下比玛的脑袋，"小比玛是它的种群中为数不多的幸存者了。我试图帮助和解救它们，但行动得太晚了。许多小型灵长类已经在环境破坏中灭绝。我并不是说我支持布拉维塔，但从某种角度来说，我能理解她。如果我也离开四百年之久，回来看到那么多已经逝去的……"

　　我看了一眼小比玛。实在难以想象，这样小巧可爱的生灵竟然快要从地球上消失了。但一想到重生者的残忍，想到她是如何一次次……

　　"布拉维塔不是解决问题的答案，"我平静地说，"她只会让事情的发展更加糟糕。如果最终她取得胜利，那么荒野世界就会陷入一片血雨腥风。现在，她要置乌鸦种群于死地。"我指了指爱娅和另一只小乌鸦，它们还在玩儿塑料杯里的水——不是因为口渴，只是觉得这样好玩儿。

"是的，"于莉博士说，"我们要制止这件事发生。没有乌鸦壶的话，这个世界上的荒野巫师会变成一群散落在各处的愚者——没有了共同点，没有共同的价值和规则，也就没有乌鸦的智慧和对全世界的洞察。这样一来，布拉维塔就会一个接一个地打败荒野巫师——如果这是她的目标的话。"

"正是如此，"我说，"对她来说，世界非黑即白。要么站在她那一边，要么……"

于莉博士点了点头。

"好，"她说，"我要思考一下怎么才能帮你们。你能从衣服上撕下来一小块布吗？"

WILD WITCH

Chapter 4

第四章

最短的荒野之路

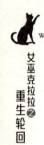

"嗯……"于莉博士迟疑地说，"看起来情况很不妙。"

她把眼镜往鼻梁上推了推，用那些仪器仔细检测着什么。"我猜测你的衣服里有气体的残留可供研究，果然不出所料。"她说，"也就是说，我要找一些别的衣服给你们穿，穿着带有毒气的衣服很不利于健康。但是检测结果看起来有些奇怪。"

"怎么了？"奥斯卡对眼前发生的一切兴致勃勃。

"我检测到了大量对苯二酚和过氧化氢，"于莉博士回答，"还有一部分血红蛋白和高铁血红蛋白。"

我唯一知道的，就是过氧化氢听起来并不危险，它的水溶液就是双氧水。小时候，每次我身上有小伤口，妈妈就会从洗手池上的柜子里找出一个棕色瓶子，用里面的双氧水给我擦拭。会有些灼痛，同时产生微量的白色泡沫，但效果奇好，特别是在伤口已经有些发炎的时候。我还听说，以前人们用双氧水漂头发，使原本颜色较深的头发变成金色。

于莉博士还在认真研究检测结果。

"你们说过那些气体是红色的，对吧？"她问。

"没错，"奥斯卡立即回答，"正因为如此，我们称之为血气。"

"事实上，这样叫是非常准确的，"于莉博士说，"因为使血液呈现红色的物质就是血红蛋白。但……这里不太相符。"

"为什么不相符？"奥斯卡又问，他现在完全就像是一名好学的学生。

"除了血红蛋白之外，就只有炸弹虫释放的气体。"于莉博士一副恍然大悟的神情。

"虫子？"卡赫拉一脸疑惑，"气体是虫子释放的？"

"我也不确定，但看起来是的。"

奥斯卡看起来似乎做好了膜拜于莉博士的准备。

"一种可以制造气体的虫子？"

"对，这种虫子的背后就像背了一个小巧的化学实验室，非常奇妙。"于莉博士笑着说，"它有一个类似心形的'反应室'——里面保存着对苯二酚、过氧化氢，还有一种阻止它们相互反应的物质。'反应室'下面就有趣了，那里有一个厚的隔断，隔开了体内的酶，还有一根像高压锅气阀一样的管。当感到自己受到威胁时，这种虫子就会混合体内的对苯二酚和过氧化氢，释放酶，使之产生化学反应。反应过程中释放大量热量，使液体达到沸点。"

"在身体里发生爆炸反应？"奥斯卡问。

"没错。"

酶？这种物质听起来更像是洗涤剂的原料，而不是用来制作炸弹的。于莉博士继续解释："隔断会在压强够高时打开。接着，这种虫子体内就会发生化学反应，产生一种具有腐蚀性的气体。这种气体可以杀死大部分昆虫，对人来说也是极为不舒服的。"

"人类能制作炸弹虫气体吗？"奥斯卡紧接着问。

"当然可以，其实这是一个很温和的反应。"她把手里的纸翻过来，在背面用清晰的笔迹写下：

$$C_6H_6O_2 + H_2O_2 \Rightarrow C_6H_4O_2 + 2H_2O$$

"看得到吗？"她指了指方程式。"酶在这里和这里发挥作用，"她用圆珠笔在纸上指点着，"然后过氧化氢分解为水和自由氧，对苯二酚则一般会分解成氧气和……"她抬起头，看到奥斯卡正注视着她。

"和巨响！"他说。

"正确。"

我对此并没有太大的兴趣，奥斯卡则不一样。他和于莉博士相视一笑，就像共同拥有了一个秘密，或者在某件事上达成了一致。

"这是化学对吧？"他说。

"纯化学。"

"我也可以制造吧？"

"使用正确剂量的化学品，达到合适的压强就可以。"

"太厉害了！"他小声说，和平日里激动的喊叫不同，他这次是发自内心的沉稳的感叹。就在刚才，他好像找到了长大以后想要从事的工作。

"在化学变化中，一切参与的物质都有功效，没有什么是多余的，也没有什么会被浪费。"于莉博士说，"因此，我实在不理解血红蛋白是用来做什么的。"她有些沮丧，好像她是合唱团的指挥，让大家演唱错了一样，"有颜色的蒸气——或者说红色气体，但是为什么呢？难道不应该是白色的吗？"

"但如果这一切是布拉维塔操纵的的话，情况就不一样了吧。"我失落地说，"她触碰过的一切都会沾染上血术。"血术这个词是爱莎姨妈发明的，用来描述那些从血液中汲取力量的巫术。

"噢，"于莉博士豁然开朗，"这样的化学反应不纯粹，因为里面夹杂了魔法。"

"对，是布拉维塔的鲜血魔咒！"我肯定地说。

"布拉维塔被囚禁了四百多年，"于莉博士说，"是吧？"
我点了点头。

"因此她很气愤。"奥斯卡说。

"气愤"也许不是一个恰当的形容词，相对来说"恼怒"更接近一些。我从她身上感受到的其实是歇斯底里，剧烈到无法用语言形容。

"因此，她一定很难保持理智和清醒的头脑。对于那些强势的巫师来说，他们常犯一个错误，就是只想着用魔法解决问题。"于莉博士用食指挠了挠比玛的肚子，有些心不在焉，但很明显这只小猴子仍然很享受，"我猜，她应该不会想到还有防护服的存在。"

"你有吗？"奥斯卡焦急地问。

"我有一些，但不够分给你们所有人。等一下，我先看一看。"

于莉博士的防护服挂在地下室的柜子里，它们应该在这里挂了一段时间了，在奥斯卡帮于莉博士拿出来时，这些奇怪的衣服看起来很僵硬。防护服是黄色配白色的，看起来像是画画时穿的罩衣，不同的是，这些防护服还带有防护帽。总共三件成人尺寸的，还有一件是给小孩子的。

"这个是为我特别制作的。"于莉博士指了指最后一件说，"在我的记忆中，它们都价值不菲。你们必须穿上它们，才能对付那些气体。"

三件大的防护服正好给卡赫拉、奥斯卡和我，那件小的仿佛是为阿库斯量身定做的。但……

"什么也不是，"我问，"还有动物们怎么办呢？"勇士的体积不大，萨迦也可以藏在卡赫拉的衣服下，可是其他动物都不可以，一定也没有适合小猫和乌鸦幼雏的防护服。

"我只能给它们提供一个空气箱了。"于莉博士抱歉地说。

"那它们能够呼吸吗？"我说。

"当然能，"她回答，"只要箱子里有氧气就可以，但只能维持一会儿。"

"可以维持多久呢？"什么也不是轻声问，自从我们讨论过它的名字以后它就一言不发。

"当然要看箱子的大小了，还有每个生物需要的氧气量。我会做一些测算，需要知道你和两只乌鸦的体重，还要测量你们的肺活量。"

什么也不是的眼睛和鼻子周围看起来又红又肿，显然这不只是之前的毒气造成的。

"你有多大的箱子呢？"它问。

"关键的问题是，你们能带多重的箱子。"于莉博士说。

在一个半小时的研究和测算后，什么也不是看起来并没有安心，于莉博士脸上也出现了新的皱纹——深深地陷在两道眉毛之间。

"这充满了风险，"她说，"很复杂，而且很难估算出你们到达目的地需要多长时间，尤其我们现在还不知道在路上会遇到什么样的阻碍。"

"荒野之路是无法预测的，"卡赫拉说，"这是唯一可以确定的一点。"

"也许我们可以分开行动，"阿库斯说，"比如当时间不够时，我从荒野之路上跳出来。"

阿库斯有自己独特的使用荒野之路的办法。他一般不在迷雾中穿行，而会选择在更寻常的世界里行走，尽管可能要多走几公里的路程。

"我真希望可以坐飞机去啊。"我说。

"但它们很难过安检，"奥斯卡说着指了指什么也不是和两只小乌鸦，"而且我们坐飞机去哪儿呢？"

确实，即使给我一张地图或者一个地球仪，我也不太能说清楚乌鸦壶的位置。

"要去乌鸦壶就一定要走荒野之路，"卡赫拉说，"这是让普通人无法进入荒野世界的保护措施之一。"

"但总可以大致弄清楚乌鸦壶在哪儿吧。从地理位置上说，"我说，"至少比这儿冷，那就应该在北边，不是吗？更靠近韦斯特马克，或者更靠近爱莎姨妈家。"

"听起来有些道理。"奥斯卡点了点头说。

"我不确定是否能按照这个逻辑找到乌鸦壶，"于莉博士说，"也不知道有没有捷径。对大多数荒野巫师来说，离乌鸦壶最近的地方就是他们感到最亲切的地方，最轻松的荒野之路也是大家最熟悉的道路。"

WILD WITCH

Chapter 5

第五章

倒计时

　　猴子公园当然不是我们感觉最亲切的地方，但我们还是要从这里启程。

　　于莉博士在破晓之时就喊我们起床。卡赫拉本想昨晚就出发，但经过讨论，我们最终决定先睡几个小时。

　　"旅途会很艰险。"于莉博士说，"在筋疲力尽、还没有从毒气危害中恢复过来的情况下，你们连夜赶路有些疯狂，有些愚蠢。"

　　从来没有人用愚蠢之类的话说过卡赫拉，但现在，我最好的，也是唯一的女巫朋友略显愧疚地耷拉着脑袋。于莉博士说着拍了拍她的胳膊，微笑着注视着她。要知道，这个友好的老太太已经活了九十二年，经验丰富。

　　我没能在海边度假，不过好歹洗了一个澡，胳膊上换了新的绷带，还睡了几个小时。我觉得体力恢复了不少，心态也乐观起来。我确信卡赫拉能找到从这里通往乌鸦壶的荒野之路。防护服虽然有些旧了，但仍然有强大的保护力。裤腿和袖子都有些长，不过不影响自由行走。

　　能装下什么也不是、小猫和小乌鸦的箱子像行李箱一样，不过更宽、四角更方一些。其实它更像一个超大的保鲜盒，不过由金属和橡胶制成，更加结实。幸运的是，不管里面有没有"乘客"，箱子都不会太重，只是不那么容易携带——它没有把手，因此我们在箱子周围缠了几圈绳子，这样更方便抬着它。我们试着抬了几次，认真检查了一番，否则一旦出现危险，就没时间再去照看箱子。我们要分秒必争。

于莉博士大致计算出箱子里的空气够用二十六分钟。如果我们在二十分钟之内无法到达目的地，卡赫拉就要保持头脑冷静，找到荒野之路的"紧急出口"，像我们之前遇到毒气时一样。箱盖上有醒目的闪着红光的数字计时器，这样我们就能时刻知晓时间过了多久。我也给手机定了二十五分钟的闹铃，如果超时了会有提示。防护服没有口袋，我便把手机放在了袖子里。

要被装进封闭的箱子里，小猫极为不满，气咻咻地试图反抗，但这一次它必须按我说的做。

这只惊慌无助的小家伙在实验室里疯狂乱窜。"你是想待在箱子里，还是想被毒气毒死？"我边问边抓住它的脖颈儿。

不一会儿，它突然停下来，放弃了挣扎，这反倒让我开始担心。我把它抱起来，看着它沮丧的脸、泪光闪烁的以及略显消瘦的身体。

它向我投来一个痛苦的眼神，和之前小狸的神情有一丝相似。它仿佛在说：你很邪恶，你对我不好，我可怜又弱小。

它的痛苦也让我感觉沉重起来，我不得不挤出一个微笑。

我不太相信它完全妥协了，便把它放在一个单独的空间，用塑料隔板和小乌鸦隔开。

"噢不，噢不，小家伙们。"什么也不是说着将翅膀展开一些，"阿库斯你别担心，我一定会照顾好它们的。"

什么也不是的翅膀在发抖，声音也是。但它温柔地将两只小乌鸦护在怀里，像它们的妈妈一样。这是我见过的它最勇敢的瞬间了，因为没有谁会比什么也不是更无助。它没有空间扇动翅膀，没有可能飞出箱子。它和其他三个动物被锁在仅够它们呼吸二十六分钟的箱子里。在盖上盖子、锁上四个锁之前，我看到它全身紧张地颤抖了一下。

接下来完全没有时间犹豫了，因为箱子上的时间显示为二十五分五十五秒，倒计时已经开始了。

卡赫拉开始吟唱荒野之歌，声音高昂又清晰，透过防护帽和护目镜传到我的耳朵里。奥斯卡和我抬起箱子，于莉博士挥手和我们告别，比玛从她的肩头跳到了公园中的一棵树上。树开始在视线里变得模糊不清，几秒之后我完全看不到于莉博士了，只能听到她最后的祝福："一路顺风！相信自己，荒野巫师！"

眼前是灰蒙蒙的一片，透过防护服，我能感觉到气温下降了好几度。没有毒气，至少我们目前还没遇到。

戴着面具，我们无法正常交流。我能听到奥斯卡发出了一些声音，但听不清他到底在说什么，希望不是什么重要的事吧。我们也不能像上次一样手拉手，因为奥斯卡和我都要用双手抬着箱子。如果遇到毒气，我们就很难看到彼此了。因此，我们用一根绳子将我、奥斯卡、阿库斯

和卡赫拉的胳膊连在了一起。

现在，我这一端的绳子拉得异常紧。显然奥斯卡想要加速，这确实是个好主意。

如果我们不浪费时间的话，就应该会有足够的时间赶到乌鸦壶。于是我也开始加速。由于抬着箱子，我们不能奋不顾身地向前跑。很快，戴着面具的我就气喘吁吁，满头大汗了。但眼前夺目的红色数字，要比所有扯着嗓子让大家加速的教练都要管用。

十九分二十七秒。

已经过了六分钟！时间都去哪儿了？我环顾四周，除了箱子、奥斯卡、阿库斯和卡赫拉之外，什么也看不到。没有树，什么都没有。

但也没有毒气。如果没什么状况的话，我想，可以打开箱子让空气进去一点儿，只要没有毒气。

我的遐想在小猫开始在箱子里拳打脚踢时戛然而止。透过结实的箱子和防护服，我能听到它微弱的叫声。通过荒野感知，我感觉就像有一根针扎进了我的心。

"我要出去！出去——出去——出去——出去——出去！"

这不只是喊叫，还是想要获得自由的略带绝望的抗争。整个箱子开始剧烈晃动。什么也不是跌跌撞撞，只能用微微舒展开的翅膀保持平衡，两只小乌鸦也在用它们尚未丰满的羽翼胡乱拍打。

箱子就要从我手中滑落了。我试图抓紧它，与此同时，用力甩动胳膊，这样绳子的那头就会感受到我发出的急救信号，这是我们之前约定好的。阿库斯赶到箱子旁边，试图帮我们把它扶正，他一定是感知到了小乌鸦的惊慌失措。

卡赫拉转过身来，透过护目镜，我能看到她的眼睛里也充满了恐惧。她望向迷雾，但除了我们，她什么也看不见——周围可以说什么也没有。

小猫在不停地用爪子挠箱子的内壁。我试图静下心来，但也不由得害怕起来：一是我不知道它为什么会这么不安，二是我确信它这样会消耗更多的氧气。或者估算是错的？它已经无法呼吸了？不，什么也不是显然还在呼吸，而且还用自己的双翼保护着两只受惊的小乌鸦。只有小猫在挣扎，好像箱子会要了它的命似的。

我们只有一个选择，那就是打开箱子放它出来，但不能在荒野之路上这样做。它现在如此惊慌，很有可能会逃窜而出，如果它消失了、再也找不到了怎么办？或者如果毒气又来了该怎么办？

"我们必须出去。"我竭尽所能地大声喊，随机指了一个方向。

卡赫拉看起来并不开心，但还是点头同意了。我们东倒西歪地走出迷雾，这和上次从血气中逃跑，最终落脚在猴子公园没什么两样。但这一次这里完全没有猴子，没有花，也没有树。

地面呈现出砖的颜色，上面铺了一层已经磨损了的石头，走在上面会发出咯吱咯吱的响声。太阳刚刚升起，有的石头上还落了霜。

现在，除了小猫，我脑子里什么都没有。我打开箱子四周的锁，把盖子放到一边，小猫一下子跳进我的怀里，并试图钻进我的防护服。我解开衣服，把防护帽推到一边，紧接着小猫就爬到了我的鼻子上。透过它温暖的黑色皮毛和纤细的肋骨，我能感觉到它剧烈的心跳——突，突，突，比我的心跳要足足快一倍。

"你怎么了？"我小声问。

它现在还不擅长表达想法和意愿，不像小狸，小狸承载了绿魔法女巫翠碧的灵魂几百年，所以也学会了人类的语言。我只能感受到小猫的恐惧、疑惑还有一种致命的孤独，我不知道如何将其驱散。

"你还有我，"我小声说，"我就在这儿。"

但好像并没有什么帮助。

"它怎么了？"奥斯卡问。

"它孤单又害怕。"

"孤单？"卡赫拉说，"它一直就在你身边，而且在箱子里也不孤单啊。"

"猫有可能得幽闭恐惧症吗？"奥斯卡问，"我妈妈有一次坐电梯遇到了一个男人，他特别害怕密闭的电梯，一直敲电梯门，最后晕过去了。"

我无法回答他们的问题，我只知道我的猫现在不开心。

"我再也不能把它放进箱子里了。"我说，"我们应该怎么办？"

"无论如何我们不能待在这里，"卡赫拉说，"我们会失水变干，像葡萄干一样。你们可能没有注意到，我们正在沙漠里。"

她说得对。我一开始没有感觉到，因为我们脚下并不是沙子，我很难想象沙漠里竟然不是到处都是沙子。

但这里确实如此。目光所及，只有砖色的石头和远处高大的悬崖。石头上的霜已经被太阳蒸发了，而现在仅仅是早晨，我实在无法想象到了中午会有多热。

我能听到什么也不是在小声嘟囔着什么。

"阿比吉尔，阿特米丝，阿纳斯塔西娅，或者……贝特……不，我觉得我不适合叫贝特。克拉拉，你觉得我叫贝特合适吗？"

"呃……不，如果……你自己也觉得不合适的话。"

说实话，我没有仔细听它说什么。一片乌云朝这片红色的土地缓缓移动。我抬起头看向天空时，不禁打了一个冷战，因为这一次完全不用怀疑：一只秃鹫在上空，在我们和太阳之间盘旋。尽管它离我很远，看着它，我的胳膊就不自觉地疼痛。世界上有很多秃鹫，我完全没有必要猜测它和上次的是不是同一只——其实几乎完全没有可能。但一想到之前发生的事，我就脊背发凉，不住地打战。

"克拉拉？"卡赫拉走到我身边，"抱歉，但我们没有其他选择了。"

等我理解她这句话的意思时，已经太晚了。她把一只手放在小猫的头顶，刹那间我和小猫都感受到了一种剧烈的恶心。小猫在我的臂弯里完全安静下来了，但不是那种弱小可怜又无助的安静，而是几乎没有生命的冰冷的安静，我都无法想象它其实还在呼吸。

"你对它做了什么？"我喘着气说，差点儿呕吐出来。

"我减弱了它的生命迹象，没有对它怎么样，它会醒过来的，但不是现在。"

我看着卡赫拉，她有如此多的像布拉维塔和拉米亚那样的恐怖技能。我熟知她，但还是会怕她。爱莎姨妈曾经说过，好与坏并不是完全对立的，有时二者是共存的。卡赫拉掌握了太多黑暗又危险的魔法，甚至有些接近大家认为的那些所谓的邪恶。

"我不得不这样做。"她轻声说，我猜她能看透或者感受到我的想法，"要不然，我们接下来该怎么继续前进呢？"

我不知道自己该怎么回答，只能轻抚小猫的脑袋，尽管它完全感受不到。我把它放进箱子里，它仍然一动不动，毫无反应。

"继续走吧。"我说，"哦，让我重新设置一下。"我从袖子里拿出手机，给闹钟改了新的时间，试图不再去看小猫。它看起来那么小，比平常还要小很多。

奥斯卡拍了拍我的肩膀，安慰我。

我们锁上箱子，奥斯卡重新输入了箱盖上的时间——二十六分钟。

我抬头看了看天，那只秃鹫还在那儿。

WILD WITCH

Chapter 6

第六章

虫子战争

在荒野之路的迷雾向我靠近时，秃鹫带给我的阴影依旧笼罩在心头。小猫躺在箱子里，就像一只被丢弃的动物标本，毫无生机。我感觉内心灰暗又不安，魂不守舍。防护手套里的双手都是汗，滑溜溜的，我必须集中注意力抬稳箱子。

为什么我有种不祥的预感？是哪里出错了吗？完全出错了？

比起我们刚刚落脚的燥热沙漠，荒野之路上凉爽了许多。荒野迷雾没有颜色，唯一发出红光的就是箱子上的计时器，二十四分零七秒，二十四分零六秒，二十四分零五秒……我努力将视线从计时器上移开。一般人看到箱子，可能会以为我们正抬着一颗定时炸弹，他们不会想到这关系到荒野世界的未来。

但事实就是这样。它装载着救活爱莎姨妈、米拉肯达大师、珊妮娅、波莫雷恩斯夫人和马尔金先生的唯一希望，而且就像于莉博士说的，如果我们不能将乌鸦幼雏安全送到乌鸦壶，荒野世界的力量将无法集聚在一起，不久之后布拉维塔就会为所欲为。

小猫不应该成为这一切的阻碍，但我心里还是空落落的，似乎失去了什么。别人看不到，但我的心在流血。

我的双腿沉重又笨拙，防护服对我而言似乎不再是一种保护，而是监狱，将我禁锢在里面，让我无法感知，让我听不见也看不见，让我无法思考。

"克拉拉？"

声音好像从很远的地方传来。奥斯卡向我这边斜了斜，能看出他在为我担心。

我冲他点了点头，表示我还好，接着加快了速度。当然，我们到得越早越好。我想脱下这层防护服，我想把小猫从箱子里放出来，我想为整个荒野世界的未来而战。

十四分二十四秒。

我心里一阵疼痛。我以为自己可以转移视线不去看计时器，但仍然……不，时间过得太快了。重要的是，路途还有很远。

时间只剩下不到一刻钟了。

汗从我的脸上流过，一直流到胸前和脊背。防护服黏糊糊的，贴在身上，我越来越难移动。也许我们应该在里面撒点儿面粉，就像我妈妈大扫除戴橡胶手套时那样做，要不然很难把它们取下来。

在防护服里面，我只穿着内衣。因为于莉博士说我们的衣服都沾染了毒气，有害健康。也许我们做了一个错误的决定，但实在没有时间去寻找合适的衣物。

九分零九秒，红色的数字映入我的眼帘。

我们还没到吗？时间简直在飞逝。

有什么在朝我们靠近。

我感到被什么击中了，一个巨大的漆黑的东西——一只秃鹫在攻击我，就像鱼雷攻击船只那样。我还没来得及抓紧绳子，就被它顶到了后面。我被击倒了，陷进了似乎是雾和雪混杂的地方。我试图爬起来，但同时听到了几声巨响。不需要去看血红色的毒气，也不需要去感受渐渐升高的温度，我就已经知道布拉维塔找到我们了，这一次她没打算放我们走。

　　布满鳞片的腿从我眼前走过，一个身影渐渐形成，它的膝关节上有一束血红的光线。几步之外，一个怪兽用穿着铠甲的胳膊把奥斯卡打倒在地。

　　炸弹虫，像小马一样大的炸弹虫。

　　血术的恶臭和血腥味儿充斥着我的感官。使用血术真的是太可恶了，我完全无法理解一个巫师为什么会用这样的手段丑化自然。

　　"走开！"我大喊，但这声音似乎无法穿过面具。一只虫子猛地推翻了箱子。我仿佛看到什么也不是惊恐的眼神，还有惊慌失措的小乌鸦。小猫摔到了箱子的一侧，但仍然没有生命的迹象。

　　我举起拳头用力捶打那只试图冲我释放毒气的虫子腹部，感觉就像在捶打一面墙。不，它还是有一点儿感觉的，它后退了一两毫米——但这完全没有用。

　　"走开，走开，走开！"我的声音听起来越来越迟疑，也越来越弱。我的身体无比沉重。到底怎么了？防护服还是起作用的，我只感受到了毒气的微热，仅此而已。

尖锐的荒野之歌穿透我的耳膜，两只虫子摔倒了，其中一只四脚朝天，四条腿胡乱挣扎着。这时，一只虫子又放出了一股气体，它的身体看起来好像已经空了，看来它们体内的物质是有限的。

我们已经摆平了两只虫子，不，三只——奥斯卡用双手抓住了另一只虫子的头，他耸起肩膀，使出了浑身力气。虫子的触角已经失灵了，接着传来一声脆响，它尽管还在挣扎，但应该已经死了。

然而，更多的炸弹虫蜂拥而至。我站起来想要向前移动，但又退了回来，在我和箱子之间有好几只虫子，我和其他人之间也是。突然传来一阵吱吱的触电声，就像有人把铁丝插进了插座里，我猜是卡赫拉用了神经电击的魔法。我似乎闻到了一股虫子烧焦的味道，但应该只是幻觉，因为防毒面具是不会让这种气体进入的。

红色的毒气是不是变弱了？

是的，血气已经变得稀薄了很多，虫子都停止向空中排放气体了。难道它们身后的"化学反应室"没有酶了吗？于莉博士是这么说的吧？

虫子还在，它们依旧数量庞大，但是没有了毒气，它们就只是一些可以移动的路障了。这些虫子既没有锋利的刺，也没有危险的钳子。我想，如果我们跑到它们身体下面，然后站起来……

我们就像千斤顶一样，一个接着一个，把虫子顶起来摔倒，让它们四脚朝天。只要它们仰面朝天，就什么也做不了了。

毫无疑问，我们就要赢了，但过去多长时间了呢？

我袖子里的手机开始震动，它给了我答案——箱子里只剩下够呼吸一分钟的氧气了。

就在这时，布拉维塔在迷雾中现身了。

显然，她现在能更好地控制水蛭了，能够将它们堆砌成人形。我能从这个人形中看出一张脸的轮廓——面部奇怪地扭曲着，没有鼻子，所谓的眼睛和嘴巴只是漆黑的洞。她长着胳膊和腿，还有手。她让水蛭紧密聚集在一起，组成了皮肤。我猜，她还穿了一条阿里西亚的糖果色裙子，从而让水蛭堆砌的身体更加有型，我可以从水蛭间的缝隙看到露出的布料。她什么时候才能看起来正常一点儿呢？不，要她正常太难了，不过还是能一眼看出人形的。

现在，她是一个重生者，她的饥饿和求生的欲望伴随着一股恶臭扑面而来，甚至防毒面具和防护服都无法抵挡，我一阵作呕。

我下意识地向前挪了一步，阻止她靠近箱子。但显然，她对箱子不感兴趣，难道她不知道乌鸦幼雏在里面？她的眼睛黑洞转向我，一大群水蛭如波浪般涌来，爬上我的脚和腿，一直向上，我能感受到它们的饥饿与渴望。

我脑海中唯一在想的，就是箱子里的小猫、乌鸦幼雏，还有无助的什么也不是。里面所剩的氧气已经不到一分钟的量了，它们可能快要窒息了。

时间只剩几秒了。

我戴着手套的双手十分笨拙，摸索着将把我和其他人系在一起的绳子解开了。

"卡赫拉！"我竭尽全力大声喊，"放它们出来！现在！"

卡赫拉用魔法向我传递了一个眼神。穿过东倒西歪的虫子、血气和水蛭波浪，我看到她听懂了我的意思。在我后悔之前，在我真正开始害怕之前，我抬起爬满水蛭的、沉重的双腿走向布拉维塔，向她冲过去，好像是在参加橄榄球比赛，而她是我需要拦截的对手。

我想，她的愿望就要落空了。

布拉维塔一定以为我们正在无助地咳嗽，什么也看不见。但她万万没有想到，我正在试图拼命用力量摧毁她。就像于莉博士说的，那些强势的巫师常常会犯一个错误，就是只想着用魔法解决问题。

布拉维塔小心翼翼堆砌的这层薄弱的"皮肤"瞬间灰飞烟灭。她倒下了，像一个已经死去了一段时间的僵尸。我能感觉到我攻击的并不是一个人的身体，而是一堆软体动物。

我身后的迷雾中有什么动静，我感到心里的石头落地——卡赫拉和其他人应该已经离开了。我已经感受不到他们了，无论是用普通的感应能力还是荒野感知。他们安全了。现在，只剩下我和布拉维塔。

我没有时间想其他事情了。如果我想让布拉维塔彻底瓦解，就必须要充分把握当下的机会，我至少要削弱她的力量，让她无法追赶乌鸦幼雏以及其他人和动物——卡赫拉、奥斯卡、阿库斯、小猫和什么也不是。

"你永远不会再见到他们！"我在内心深处呐喊，但没有说出来。我要确保救了他们，确保他们已经逃走了。否则，一切都白费了，那么我就要尽最大的努力去阻止布拉维塔，让她无法在他们到达乌鸦壶之前找到他们。

我不断撕扯、摧毁聚集在一起的水蛭，把这些肥软的动物扔向四面八方，将布拉维塔的生命力分散到四处。我能清楚地感受到她的愤怒比水蛭们更为猛烈。它们碰不到我，因为我安全地待在沾满汗水的防护服里。

但布拉维塔的饥饿完全是另一回事，就算隔着三层防护服也无济于事。

她想要我的生命力，想侵占我的躯体，想住在里面，吞噬它。

但我的攻击削弱了她，我凝聚起所有的力量，向她施展我唯一擅长的魔法。

"走开，你这个怪物！"

我身边的雾气中噼里啪啦地闪现出几道电火花，水蛭向各个方向炸开。我的脑海里出现了许多细小又明亮的光点，接着就陷入了无尽的黑暗。

WILD WITCH

Chapter 7
第七章
竖琴声

不知道过了多久。

再次恢复知觉时，我发现自己还在荒野之路上。我不需要睁开眼就能感受到，我躺着的地方不是地面，不是石头不是柏油路也不是草坪，而是迷雾。

"克拉拉？你醒了吗？"这声音里充满了关切，也有些不安。可能在此之前，他已经问了很多很多遍。

是奥斯卡。我慢慢睁开眼睛。

"你在这儿做什么？"我略带责备地问。他应该和其他人在一起，安全到达了才对。这就是为什么我……

一切记忆都回来了——炸弹虫、血气、水蛭和布拉维塔，在我的脑海里忽隐忽现，我努力地坐起来。布拉维塔在哪儿？她真的离开了吗？

至少我现在看不见她，也感受不到她的存在了。她也不在我的身体里，我还是我自己——她没有赢，没有打败我，没有夺走我的身体。瞬间的如释重负让我又有些许晕眩。

"你还好吗？"

奥斯卡还穿着防护服，但解开了衣服，摘下了防护帽。我发现自己的防护帽也不见了—— 一定是他在我失去知觉的时候帮我摘掉的。

"是的，我还好，"我说，"但你为什么没和其他人在一起？"

"看起来你需要帮助，"他说，"所以我觉得自己最好留下来。"

"奥斯卡，你这个大笨蛋！"

他看起来有些不解，但因为太累了所以没有反驳。

"为什么？"他只问道。

"因为这里没有卡赫拉……"

"什么意思？"

我必须要直截了当。

"我找不到从这里出去的路啊。因此，我原本的意思是你们一起离开，留下我。"

他挑了挑眉毛。

"这就是你解开绳子的原因？"他问。

我点了点头。

"布拉维塔的目标是我，"我说，"如果我和你们在一起的话，她会穷追不舍。"

他安静下来。

"你很勇敢。"他说。

我感到一阵暖流涌上心头，这并不是我经常能听到的赞扬。

"但你当时就知道自己可能找不到出去的路，"他又说，"现在该怎么办呢？"

"我没想那么多。"我说，"我只是希望小乌鸦能顺利回家，你们所有人都能活下来。而我……也许能独自战胜布拉维塔，不让其他人白白受到伤害。"

"你战胜她了吗？"

"我不知道。我应该至少削弱了她，如果她还活着的话。我分解了她的生命，我猜她现在起码很虚弱。"

"但你没想好应该怎么走出荒野之路？"

"没有，我说过了，所以你是个傻瓜啊。"

"我觉得还好我在这里。"他固执地说。

"为什么？"

他冲我露出了一个莫名其妙的微笑。此时此刻，完全没有什么好笑的。

"因为，你现在一定要开始尝试寻找荒野之路的出口了。"他接着说。

他说得对，如果我现在是一个人的话，应该还没能坐起来，我的头好疼。好奇怪，我的身体空荡荡的，就像没有骨头，或者骨头都被迷雾溶解了一样。也许我只是因为在迷雾里待得太久，所以出现了这样的错觉——似乎体内都是烟雾，整个人变得越来越灰暗，逐渐虚弱，直到最后倒下，然后死去。

但我不能泄气，还有奥斯卡和勇士在陪伴我。

我站起来开始向前走，漫无目的，奥斯卡跟在后面。

"你不唱歌吗？"他问，"你不是会唱歌吗？就像念咒语一样唱歌。"

"我头痛，"我说，"而且你又不是不知道，我唱歌像青蛙叫一样难听。"

我们默默地向前走。我试着用荒野感知寻找乌鸦壶的方向，但什么也看不到，头却愈来愈疼。

"等一下，"奥斯卡说，"这样走下去肯定行不通。"

他说得对，但除此之外，我们又能怎么做呢？

"你有什么好主意吗？"我有气无力地问。

"你的手机上有音乐吗？你以前经常随着熟悉的歌曲哼唱，就像上次在学校露营时我看到的那样。"

好吧，他如果想彻底夺走我对唱歌的兴趣，他就这样做吧。我清楚地记得那次，我闭着眼睛坐在露营小床上，戴着耳机听最喜欢的一首歌。我以为房间里就我一个人，直到突然听到门发出吱的一声。当我睁开眼睛时，奥斯卡、亨利特和我们班上的三个女孩儿就站在我面前偷笑。奥斯卡随即大笑起来，出于礼貌，其他人忍住了，但我仍然觉得这是世界上最尴尬的瞬间。

"我手机上没有什么音乐。"我说。

"手机借我用用。"奥斯卡说。

我停下脚步，从衣袖里掏出手机。一旦奥斯卡下定决心，就很难改变他的想法。

"我就知道，"不一会儿他就用胜利的口吻说，"我们有这首歌！"

一秒之后，就传来了梦幻般的歌声，我马上就听出了这首歌——在迷宫里，奥斯卡给牛头怪放了它，后来牛头怪就对我们非常温和。奥斯卡自己也很喜欢这首歌，觉得它非常美妙。这个乐队叫什么来着？卡米拉。我必须承认这首歌中仿佛蕴含着童话气息，甚至充满魔力。竖琴弹奏出一种清脆的银铃般的旋律，听者完全可以把歌手想象为长着尖耳朵和一头金色长发的妙龄少女。

我停下脚步，聆听起来。

"跟着唱。"奥斯卡说。

"那样的话整个氛围就被我破坏了，多尴尬啊。"

他举起胳膊，试图说服我。

"好吧，我们要搞清楚现实——我们孤零零地在这儿，困在荒野之路里出不去，甚至可能死在这里，你却因为尴尬而不愿意唱歌？"

听了他的这些话，我感到自己真的有些愚蠢。

我吸了一口气，跟着旋律尽力哼唱起来。这首歌没有歌词，在卡米拉唱的时候也没有，所以听起来其实很像荒野之歌。

我的声音比乌鸦幼雏的叫声还要嘶哑，前几声似乎快要穿透我的胳膊和头颅了，接下来稍好了一些。奥斯卡也跟着一起唱，他的声音很好听。这样一来，我觉得跟着哼唱就变得轻松多了。

"克拉拉，"奥斯卡在我停下来换气的时候说，"继续唱，我感觉有用！"

奥斯卡总比我更容易相信一些事，他对自己充满信心，对我也充满信心。我突然意识到，这对我的人生有多么重大的意义。没有他，我也许没有勇气和力量做到这一切，我也许不会成为一个真正的女巫，奇美拉、拉米亚和布拉维塔应该会轻易打败我，我甚至可能已经死了。更糟糕的是，我也许已经被布拉维塔吞下，躯体永久地被她掠夺。

我一定要救奥斯卡，这是我最大的愿望。头疼只是头疼而已，所有的不舒服都没那么重要了。我握紧双手，投入地唱了起来。

"啦——啦——啦——啦——啦——啦——啦——啦——"

我唱得可能并不好听，但至少声音很大。

突然，迷雾不再那么厚重了，远处有声音传来，越来越近，越来越响亮。最奇怪的是，那声音好像是我们歌声的回响——竖琴声和一个少女的歌声。

卡米拉。

四下里漆黑又凉爽，雨点落在我的头上和脸上，剧烈的头痛似乎舒缓了很多。我闻到了杉树和湿润的柏油路的味道，看见了不远处的树林间闪耀的篝火。

奥斯卡抓住我，给了我一个大大的拥抱。

"你做到了！"他说，"你是世界上最厉害的女巫！"

第七章　竖琴声

WILD WITCH

Chapter 8

第八章

卡米拉

我们的具体位置很难确定，但无论如何，离炙热的沙漠已经很远了。头顶是深蓝色的天空，树木之间是漆黑的夜色。几颗星星在树梢闪烁，附近有溪水流动的声音。

"我渴了。"我说。我现在才真切感受到口干舌燥。

"我也渴了，但我们不要先过去打声招呼吗？"

耳边的歌声还在继续，我意识到这不是光盘播放的，而是真的弹唱。在不到一百米远的篝火旁，有人正在边唱边弹奏竖琴。毋庸置疑，我们听到的就是卡米拉的歌声。

露营点的路边停着一辆破旧的小面包车，车停得歪歪扭扭，好像有两个轮胎同时漏气了。车上涂满了彩虹的颜色，一侧写着金色的"卡米拉"几个大字，但依稀能看到下面盖住的"理查德旅游车"几个字。

他们在露营点中央点燃了篝火，还卸下小面包车的座椅来坐。总共四个人，每个人都拿着乐器。一个留着络腮胡子的中年男子弯腰抱着一把破旧的吉他；一个年轻版本的他——留着一撮小胡子，和他一样黑头发黑眼睛，正在吹长笛；一个金色直发女孩儿戴着牛仔帽，正轻柔地弹奏着哈普吉；最引人注目的还是弹竖琴的女子，我的眼睛简直无法从她身上移开。

她一点儿也不年轻，也不像流行歌手那么美。借着

篝火发出的微弱光线，能看到她蜂蜜色的头发中夹杂着灰白，发丝很纤细。她身上的毛衣一定是手工织成的，我以前没见过这样的花纹——大片的绿色，上面有红色和黄色的猫咪图案，周围是金色的星星。

她的大腿上放着一架竖琴，琴弦在篝火的照耀下闪闪发光。她的歌喉悠扬婉转，和竖琴的声音完美融合在一起，让听者仿佛置身童话中。我不由得再看她一眼，但她长着普通人类的耳朵，没有童话里精灵耳朵那尖尖的角。

"是他们，"奥斯卡小声说，"是卡米拉。"

魔法也有自己的自然法则，我们跟随这首歌穿越了荒野之路的迷雾，然后来到了这里——这首歌的源头。

看到我们，这位有着少女嗓音的女士停了下来，竖琴从她的腿上滑落，她赶忙用手扶稳，才没让它倒到地上。她注视着我们——不，她一直在看我——眼神里写满了惊恐。

"抱歉打扰了。"奥斯卡连忙说，"呃，我们只是路过，然后听到了歌声……"

"你们住在附近吗？"那个年轻的男子问，就是长着小胡子的那个，"我们需要帮助，你们也能看到……"他朝小面包车歪了歪头，"我们只有一个备用轮胎，我们坐在这儿三个小时了，但没有一辆车经过。"

"我们对附近也不太熟悉。"我支支吾吾地说。

"但你们一定知道这附近哪里有人家吧？"他说。

很难向他们解释，我们刚刚从荒野迷雾中走出来，所以什么也不知道。而且，我们身上还穿着防护服，这也是卡米拉大吃一惊以致差点儿摔了竖琴的原因吧。

卡米拉站起来，把手里的乐器放到一边。

"不能这么无礼，凯蓝。"她对吹长笛的男子说，"你们过来坐着取暖吧。这位女士叫缇丽，是我女儿。长着络腮胡子的是我丈夫迪万。有很多问题的是凯蓝，缇丽的未婚夫。我叫卡米拉。"

"我认识你们，"奥斯卡眼里闪着亮光说，"我非常喜欢你们的音乐。"

"是吗，那更要欢迎你了，"大胡子迪万大笑着说，"我们也喜欢有品位的听众。"

很快，他们从车里又搬出两把椅子，凯蓝看起来很有力气。奥斯卡和我并排坐着，旁边放着热汤和水。奥斯卡拿着玉米片准备喂勇士，勇士却正忙着一口接一口地喝水。

卡米拉用一种特别的眼神观察着奥斯卡和勇士，看起来若有所思，又有些焦虑。

"你养勇士多久了？"她问。

"没多久，"奥斯卡回答，"几周吧，差不多。"

"那它这么快就被你驯服了。"她说。

"呃，是吧。"奥斯卡说，"不过它一开始就很乖巧。"

"这是一只榛睡鼠吧？"卡米拉问。

"是的，"奥斯卡有些惊讶，"大部分人都认不出来，尽管它脸上有这种黑色的'面具'。"

奥斯卡宛若来到了粉丝的天堂，不会发现有什么怪异，而我开始感到一种莫名的不安。虽然他们很友好，但卡米拉看我们的眼神有些奇怪，或者说刚才发生的事大多很奇怪，比如，她总是莫名地盯着我看。

我多么希望此时能有一辆车经过啊，但那场乌鸦风暴引起的混乱还没被完全清除，所以汽车很可能上不了路。我的手机可以联网，但无法联系到机械师来修车。

"那么，我们得继续赶路了。"我说。

"到处都黑洞洞的，"迪万说，"你们还是在这里待到天明吧！我们可以找一两个多余的睡袋给你们。"

"这确实比在黑暗里行走摔断腿强。"奥斯卡说。

"但是……"难道奥斯卡不知道我们很着急吗？我们完全不知道卡赫拉他们有没有安全抵达乌鸦壶，不知道布拉维塔现在在哪儿，更不知道我究竟有没有成功削弱她的力量。如果乌鸦幼雏已经成功送达，那么爱莎姨妈他们有没有被解救出来，回到正常的时间中？

我感到筋疲力尽，眼皮越来越沉，胃里翻江倒海，不知道到底是想吃更多的食物还是想把喝进去的热汤吐出来。

卡米拉透过篝火散发的亮光注视着我。

"睡吧，"她说，"什么都不会发生。"

她的话语友好亲切。虽然我仍旧不敢相信她，但还是合上了眼睛，随后有人把被子一样的东西盖在了我身上。

小猫，我心想，它在哪里？它怎么样？如果能确认布拉维塔没有找到它和其他人该多好。渐渐地，睡意袭来，我所有的感官都睡去了，只剩下荒野感知。

但，我并没有找到小猫。

WILD WITCH

Chapter 9
第九章
公牛之血

饥饿快要逼疯布拉维塔了。那个可怜的小女巫和她
在不幸的荒野世界相遇……他们是如何将布拉维塔赶走
的？他们为什么没有屈服于虫子的攻击？一个小女孩儿怎
么能被称作女巫，还战胜了布拉维塔呢？完全不可能啊，
但事情确实这样发生了。布拉维塔已经失去了积聚起来
的大部分力量，她必须再去吞噬，去杀生。她还在考虑要
不要吃掉水蛭女巫。尽管阿里西亚越来越疲惫，越来越多
疑，她仍然是一个经验丰富的女巫，要打败她也要经过一
场艰难的战斗。但在经历了这些麻烦以后，布拉维塔会得
到什么呢？一具破旧又空洞的包裹着骨头的尸体罢了。

不，她一定要去寻找更好的工具。她要做的事情太
多了，要打败荒野世界如此多的敌人——他们践踏古老的
神坛，他们驯服、役使、滥杀野生动物，他们用铁皮机器
和柏油路毫无意识地摧残杀害了生灵。

吃。哦，该死的饥饿。那个羞耻又丑陋的躯体上残
留的水蛭，个个都在渴望食物。她一定会找到一顿足够丰
盛的晚餐缓解饥饿，而且不止一次。

现在的荒野世界里都是一群懦夫，眼看着这样的事
情发生：他们让没有巫术、没有魔法的人类统治世界。一
定要改变现状，但首先……

无边无际的田野上有一头公牛，它躺在潮湿的草地上假寐，没有睡着。布拉维塔能感受到公牛在缓慢又安静地思考。接着，她向公牛靠近，水蛭连续不断地涌向公牛的身体。

这头公牛实在是太困了，都没有发现有水蛭在咬它。直到后半身爬满了布拉维塔的水蛭奴隶，它才发出一声长啸，试图站起来，但已经太晚了。

在布拉维塔吃完的时候，这头公牛已经没剩下什么了，原本粗壮有力的脖子、宽厚的额头、丰满的脊背和大腿消失了，现在只剩下一张薄如纸的皮裹在散落的骨头上，如一具木乃伊一般。布拉维塔感到一丝害怕，但只是一丝。她必须那样做，如果她不吃，就会死去。如果她不能活着，就不能行动。行动——斗争和战争——就要开始了。

布拉维塔让她的水蛭奴隶聚集在一起，她一瘸一拐地去找阿里西亚。水蛭女巫正坐在田野外的围墙上。当看到这个水蛭怪物回来的时候，她站了起来，眼里充满了疑惑。

"我们现在能去寻找莉娅了吗？"她用孩童般的嗓音问。

"你的女儿死了。"——每次都要回答水蛭女巫这个愚蠢的问题，真是太烦人了！但如果不这样回答的话，就得不到这个老巫婆的支持了。

"死了？不，她不会死的。"阿里西亚嘟囔着，"她是一个可爱的小女孩儿，可爱的小女孩儿不会就那样死去……"

"死了，死了，死了，死了。记住了吗？米拉·阿斯克杀死了她。"

终于，这个老女巫婆听懂了她说的话。

"米拉·阿斯克？对，是这样，她杀死了我可爱的女儿。"

"正是如此。你要报仇，对吧？"

"是的，当然要报仇！"

水蛭开始爬上阿里西亚的腿，钻到裙子里。阿里西亚呜咽着，身体不停地颤抖。

"太多了，"她说，"我承受不了。"

"你不想报仇了吗？"

"当然想，我要为我的女儿报仇，但我太累了。"

布拉维塔失去了耐心。她怀着愤怒，带着重新吞噬鲜血汲取的力量，迈开双腿向前走去。她一定要找到一个更好的躯体，她要从所有的巫师中找到一个适合的人，将他的力量吞并到自己身上，这样大家就能看到布拉维塔卷土重来！

米拉·阿斯克——征服她。出发！

水蛭已经熟知目标的味道，她家的方向是水蛭女巫轻而易举就能找到的。

"发生了什么？"奥斯卡睡眼惺忪地问，"你为什么要大叫一声？"

"我妈妈，"我说，"布拉维塔要去找我妈妈。"

篝火仅存的最后一丝火苗还在黑暗中跳动，照亮了毛毯和背包，还有熟睡的歌手。或者……不，他们并没有都在睡觉。我看到卡米拉睁着眼睛，不知道是我的叫声惊醒了她，还是她本来就一直醒着。她坐在那里用奇怪的眼神盯着我看。

"你是怎么知道的？"奥斯卡问。

"我梦到了。"我说。

"只是一个梦吧？"

"不是，"说着我突然感到一阵恐惧，背后发凉，"那不只是梦。"因为我觉得自己真的在那片田野看到了被吸干的公牛，那不是梦，而是现实。

"布拉维塔是谁？"卡米拉问，"你说她要去找你的妈妈，是什么意思？"

"她是一个重生者，"奥斯卡脱口而出，我都没来得及阻止，"一个被囚禁了四百多年、不愿意死去的老巫婆。"

好吧，这样的话怎么能说给不是巫师的人听呢，特别是不是巫师的成年人。

但卡米拉看起来异常冷静，完全没有说"想象力真丰富"或者"你知道这个世界上根本没有巫师吧"这样的话。

"克拉拉，你妈妈叫什么名字？"她问。

"米拉，"我说，"米拉·阿斯克。"

"你是说她正处于危难之中？"

"是的！抱歉，我现在没时间站在这里聊天，因为……"

"不，你说得对，我们要快点儿，但你要来指路。"

我盯着她看。她站起来穿上衣服，把竖琴背在肩膀上，一副要和我们一起走的样子。

"我觉得你不要……"我想阻止她。

但她打断了我。

"克拉拉·阿斯克，"她说，"你觉得路过我的篝火是一个偶然吗？"

"不是，"我说，"那是因为我们用你的音乐……"

"人们在生命中会有一些有缘的相遇，"她说，"这也许是一件好事。"

"但是，我不理解……"

"不要再说了，"她说，"你就说米拉现在在哪儿。"

WILD WITCH

Chapter 10
第十章
来得及吗

　　我们无法使用荒野之路，因为风险太大。布拉维塔显然已经放弃了炸弹虫，最后我和奥斯卡还是在竖琴曲的帮助下走出荒野迷雾的。

　　"用你的手机。"奥斯卡说。

　　"用它来做什么？"

　　"它有最强大的定位导航系统，"他耐心解释，"这样我们至少能知道这儿离爱莎家有多远。"

　　"如果有几千公里该怎么办呢？"

　　"我猜不会那么远，"他说，"爱莎家离乌鸦壶不远，不是吗？我们也差不多是在快要抵达那里的路上被布拉维塔分开的。"

　　他说得很有道理，我们确实离爱莎姨妈家不太远。手机上说总共有一百二十三公里，几小时的车程——如果有车可开的话。

　　奥斯卡若有所思地打量着那辆小面包车。

　　"你们有一个备用轮胎？"他说。

　　"是的，"卡米拉说，"但有两个车胎爆了。"

　　"修理工具有吗？"

　　"只有用来修自行车的。"她指了指挂在车厢后座的两辆自行车——一辆有些旧的绿色女式自行车，还有一辆比较酷的霓虹色赛车。

"比什么都没有强。"奥斯卡说。

"奥斯卡，要不然我们骑自行车去？骑一百二十三公里应该没有问题，我妈妈上次就参加了一家女性报社举办的活动。"

"她用了多久？"奥斯卡问。

"大概八个小时，我猜。"

"我觉得我的自行车走不了那么远。"卡米拉指了指那辆女式自行车，"这辆赛车的话，也许吧。"

"那我骑赛车好了，"我说，"如果幸运的话你们可以开车在中途接上我，但我不能坐在这里干等。"

"我们不会干等，"奥斯卡说，"有很多工作要做，比如……"

"好吧，但是……"那个梦还在不断撕扯着我的内心。我不知道布拉维塔现在在哪里，公牛所在的田野似乎在比较靠南的位置。虽然我削弱了布拉维塔的力量，但她可以使用荒野之路。我不能等下去了。

"我们只有一部手机，"他说，"我们怎么才能找到彼此呢？"

我想了想。

"我能借用一下勇士吗？"我问。

奥斯卡二话不说地把榛睡鼠递给我。

我让这个小家伙从奥斯卡的手上跳到我的手上。勇士的两只小脚轻轻扒住我的皮肤，它抬起头用鼻子冲我闻了闻，长长的胡子动了动。

"勇士，"我小声说，"你一直都知道奥斯卡在哪里，对吧？"人们永远都不应该冲一只老鼠，或者说榛睡鼠大喊大叫，特别是在想要展开一场有意义的对话的时候。

它的两只黑眼睛不停地打量着我，似乎觉得我问了一个无比愚蠢的问题。它当然知道奥斯卡在哪儿——它就住在他的口袋里。

"那么，如果你跟着我，你还能知道奥斯卡在哪儿，对吧？"

勇士看起来不想继续这个话题了，它显然在极力反对"跟着我"这件事。

"这很重要，勇士，"我说，"不只对我而言，还有我妈妈。我妈妈是一个女巫，尽管除了保护我，她在其他情况下都没有使用过魔法。如果布拉维塔得到了哪个巫师的躯体，那么整个荒野世界都要遭殃了，我们所有人都逃不掉。"

如果说一只带着"黑色面具"的榛睡鼠能做出疑惑的表情，一般人是无法相信的，但勇士的确做到了。它抖了抖毛，抬起尾巴，在我的掌心拉了一颗便便——像米粒一般大，完全是黑色的——紧接着就跳到了奥斯卡身上。

我看了看它的便便，这就是勇士给我的回答。

"勇士！"奥斯卡责备地叫道。

"没事，我早就应该料到如此。"我一边低语，一边把"米粒"抖到地上，接着用湿润的青草擦干净手，"人们不能指望一只榛睡鼠来拯救世界啊。"

我突然意识到卡米拉在旁观着这一切，她一定觉得我们两个很愚蠢。

然而，她看着我们的一举一动，并没有说我们站在那儿和动物问答是一件奇怪的事。

"帮我弄弄这个千斤顶。"奥斯卡说，"克拉拉，我们坐车走更好，其实会更快。我觉得，我们要么在一起不分开，要么彻底分开。"

小猫，小猫和其他人怎么样了呢？我不断地向小猫发送荒野感应。但或许因为太远，或许因为卡赫拉该死的招数让它失去了知觉，直到现在我还没有得到它的回应。

难道它死了吗？如果它死了的话，我是能感受到的，不是吗？

这些想法让我心里不停地打鼓。它应该没死吧，它不能死。我记得它在箱子里惊慌失措的样子，如同害怕被关在笼子里。是因为它有不祥的预感吗？一些动物在地震、风暴、火山爆发等灾难来临前会有奇特的反应。小猫是女巫的荒野伙伴，也许原本就能感应到……

我闭上了眼睛。奥斯卡在我耳边说了什么，但是我根本没心思听。我不能驱散心头的不安，我一定要知道小猫是不是还活着。

小猫和我之间有一根线，一根用血液和荒野感知连成的线，它的生命迹象与我的感知联结在一起。我顺着这根线，能穿过其他人混乱的生命和种种牵绊；我紧紧抓住这根线，就像抓住了生命中最重要的线索。小猫，我的小猫……

哦，它在那儿，我感受到了它，很远很远的地方，有它虚弱缓慢的心跳，它还在睡觉。是的，它还活着。

我终于如释重负，又沿着这根线倒退，回到了自己身处的地方，回到了我的躯体里。我似乎是重重跌进自己的身体里去的，只觉得全身猛地一震，好像一个看不见的气球在眼前爆炸了。我退后几步，眨了眨眼睛，差点儿摔倒，什么东西帮我恢复了平衡，原来是奥斯卡的手。

"你还好吗？"他问。

"小猫还活着。"我说，因为这是眼下最重要的事了，"他们一定已经到了，要不然不会把它从箱子里拿出来。它还能呼吸。"

"他们成功了！他们现在到乌鸦壶了吗？"

"我不知道，"我说，"我还不能确定。但他们已经不在荒野之路上了，我们都差不多要到了，所以——我猜是。"

"酷！"他说，这一次他的酷应该是"谢天谢地"的意思吧。

我朝卡米拉看了一眼——她可能会以为我们是从什么特殊的青少年团体逃出来的吧。

但显然，她没有听我们之间的对话，只是坐在大胡子迪万身边，摇了摇他的肩膀。

"亲爱的，我们需要你的帮助。"

他的睡眠真是太好了，我做噩梦时的尖叫居然都没有吵醒他。卡米拉为叫醒他已经花了好几分钟时间。

"哈啊啊啊啊——"他伸了个懒腰。

"我们要把小面包车修好。"她说，"奥斯卡有一个好主意，用自行车的修理工具去补小面包车的一个轮胎。"

"好的，"他含糊不清地说，但还是清醒了一些，"但不能等天亮再修吗？半夜三更的。"

"不能，"她说，"不能再等了。还有……亲爱的，你记不记得我曾经告诉过你，我有可能某一天要离开你？"

现在他完全醒了，坐了起来。

"你是说现在？"

"是的。"

"为什么？"能听出他言语中的痛苦，就像伤口再次裂开，开始流血。

"我现在还不能告诉你，但我保证会回来的，如果可以的话。"

"但我们的乐队，还有孩子……"他看向凯蓝和缇丽——尽管他们两个都已经成年，而且只有一个是他真正的孩子，但是在他眼里都是他们的孩子。

"你们没有我也可以继续生活——至少一段时间。"她亲吻了他，深深地吻，就像电影里一样。我有些害羞地看向别处。她一定在计划着跟奥斯卡还有我开着车去找布拉维塔，把其他人三个人留在这里。但她为什么要这么做呢？我和大胡子迪万一样困惑。

"帮我们修车吧，"卡米拉说，"我们要出发了——趁现在还来得及。"

WILD WITCH

Chapter 11

第十一章

美洲狮的交易

我们花了三个多小时的时间，才从露营地开到通往爱莎姨妈家的漫长的森林公路上。小面包车的车灯扫过路面和周围的杉树林，每当车的底盘剐蹭到地上的草皮，卡米拉就会发出一声长叹。

"可怜的车，"她说，"还远吗？"

"一点四公里。"奥斯卡回答。他坐在后排座椅上，一直在用我的手机导航。

我的胃隐隐作痛，一定是害怕和担心导致的——我不停地在想妈妈会不会已经受到了伤害，也控制不住地去想卡赫拉、阿库斯、什么也不是，尤其是小猫——这种感觉就像我吃了什么不该吃的东西。

卡米拉突然一个急刹车，我赶忙用手护住头。车里没有安全气囊，幸好我系上了那条有些坏了的安全带。

"路上有一些动物，"她说，"呃……好多动物。"

从汽车前灯的光线里，我看到了五只长腿鹿。它们白色的背在黑色的杉树下显得异常清晰，它们似乎并不在意我们的车，只是摇了摇尾巴。就在我观察它们的时候，两只猫头鹰悄悄地飞过它们头顶。

我解开安全带跳下车。

"在这儿等我。"我说。我的脊背发凉，胳膊和脖子上的汗毛不自觉地竖了起来。我很清楚自己会看到什么，果然不出所料。

森林里多了很多生命，天空也是，地面也是。成千上万的飞鸟、昆虫，成千上万只奔跑、跳跃、爬行的动物，都在朝着同一个方向——爱莎姨妈家前进。或者更确切地说，朝着爱莎姨妈的荒野防护区前进，那些区域在她的保护范围内。我看到了一个松鼠家庭、一对狐狸夫妇、一群拍打着翅膀的鸭子、不计其数的老鼠，还有各式各样嗡嗡作响的虫子，及一大群白嘴鸦。天快亮了，外面阴冷又潮湿，我站在那里看着这一大群生灵竭尽全力地快速前进。

我的胃起先就不太舒服，现在更是扭作一团。

就像我十三岁生日那晚，也有许多动物，它们没有和我讲话，但我理解它们的意思——

动物们知道不幸即将降临，它们要寻求庇护。能保护它们的人是我。我默默下定决心，许下了无言的承诺。

我要从布拉维塔手中解救它们。

我们不得不停车下来走最后一段路，因为路上到处都是动物，完全无法开车，就像我的豆蔻之夜那样。

卡米拉和奥斯卡显然也注意到了异常。

"动物们都在这里做什么？"奥斯卡压低嗓音，避免惊扰它们。

"它们要躲避布拉维塔，"我说，"她在路上。"

"好的，"他说，"这样我们至少能确定她在我们后面，要不然的话动物们会朝着另外一个方向跑。"

　　这一点我没有想到，但是很有道理。这多少缓解了我的胃痛，因为这意味着布拉维塔还没有攻击我妈妈，至少现在还没有。

　　一只獾妈妈带着五个年幼的孩子穿过公路，消失在路边金黄的草丛里。它很快地瞄了我一眼，我仔细观察它是不是爱莎姨妈养的那只母獾。还有，那几只小獾……

　　我咽了咽口水。

　　我当时想吃掉那几只刚刚出生的小獾。

　　那不是我的饥饿，应该是布拉维塔的，更准确地说，是布拉维塔体内重生者灵魂的。这还是阿里西亚从关押了布拉维塔四百多年的牢狱中成功解救她之前的事，她从那时起就一直饥肠辘辘。

　　如果有机会的话，布拉维塔会吃了我。她不想杀死我，也不想把我撕成碎片，而是更可怕的想要征服我，侵占我的身体。那样的话，从表面看起来，我依旧是我，但我的身体内其实是她。

　　我在害怕她伤害我妈妈时完全没有想到我自己，但现在我基本确定妈妈还是安全的，就又开始为自己的情况担忧了。

　　卡米拉什么也没说，就算野猪一家——野猪妈妈、爸爸和七个身上长着条纹皮毛的小家伙——为了赶路把我们挤到了一边，她也没有表示奇怪。起初，我还有些庆幸不用向她解释发生的一切，但过了一段时间后，我觉得太奇怪了——她只是跟着我们，对整个森林里的动物都匆忙向一个方向跑并不感到诧异。我下意识地以为……

"你是女巫吗？"我直截了当地问她。

"不是。"她简短回答，但也没觉得这是个不同寻常的问题。

"那你认识女巫吗？"我追问。

她没有回答，只是指了指前方。

"是那儿吗？"她问。

很快，我们到了森林的尽头，前面是一条小溪和一座桥。爱莎姨妈的家就坐落在那里——鹅卵石砌成的院墙，屋顶上覆盖着厚厚一层茅草。院子里种着苹果树，树上布满了鸟窝。房屋后面是一座小山，上面满是大树和各种灌木，还有一片动物们可以暂住的荒地。好多动物已经抵达了。一大群白嘴鸦挥舞着黑色的翅膀，发出嘶哑的叫声，然后又落在了最高的树枝上。灌木丛里不断传来叽叽喳喳的声音。

屋子里亮着灯，看来妈妈已经起床了。有什么在暗夜中悄无声息地飞落到了我的肩上。

"图图！"我松了一口气，"你找到了回家的路！"

它用一种"你完全不必担心我"的眼神看着我。接着，用喙蹭了蹭我的头发和脸颊——它以前从来没有对我这样做过，只有爱莎姨妈才能受到这般的"优待"。我猜，它看到我也松了一口气，放下心来。

总之，在过了桥以后，我感到安全和轻松了许多。

我们现在已经进入爱莎姨妈的防护区了，尽管爱莎姨妈不在家，但是荒野风篱还在。妈妈说过，她会试着加强防护，看来她做到了。我知道这只是自我安慰，因为我完全不清楚荒野风篱在抵抗布拉维塔上能起到多大的作用。即便是这样，我原本绷紧的神经和沉重的肩膀都轻松了许多。

门开了，妈妈穿着睡衣和拖鞋走了出来，汤普从她脚边跑过来欢欣鼓舞地迎接我。"亲爱的，是你！"妈妈张开双臂抱紧我，我都快喘不上气了。"我快担心死了。你的动物们……"她抽出一只手，指了指飞鸟们落脚的苹果树枝。还有不计其数的老鼠、兔子、野鸡簇拥在马厩旁边的灌木丛里。"我不知道发生了什么，不知道这是什么意思，我只知道和你有关。"

"这是因为它们在躲避布拉维塔，"我说，"她正在来的路上。我们一定要想办法阻止她。"

妈妈看起来比上次见面时的状态好多了，那时她几乎无法站起来，现在强健了一些，而且有哪儿不太一样。我又看了她一眼，才发现不同之处。

她现在很像爱莎姨妈，我不是说外表——尽管她们是姐妹，长相却非常不同。现在，有什么让她们看起来相似——妈妈看起来也像一个女巫。

"你加强了防护。"我说。这不是一个问题，而是一个肯定的判断。

"是的，"她微微笑了一下，"这是我很小的时候就学会的，所以想忘也忘不了。"

"那你也许还能记得我。"卡米拉说。

妈妈看向卡米拉，起先目光还很寻常，接着又有些茫然。

"不记得了，"她说，"我们认识吗？"

"你啊，我想你不会忘记我的。"

妈妈的脸变得苍白，向后退了一步。我连忙扶住她。

"你的声音……"她说，"你……怎么会这样？"

"莉娅，"卡米拉说，"现在想起来了吗？米拉和莉娅，永远的朋友。"

"莉娅已经死了，"我说，"她被杀死了，在……"

妈妈十三岁豆蔻之夜发生的事在我的脑海显现：矫健的美洲狮长着琥珀色的眼睛。一块崩落的岩石堵住了狮子洞的入口，里面传出小狮子的哭叫……最后，米拉和莉娅成功找到一块松动的石头，把它推下了悬崖。小狮子们跑出来，冲向它们的妈妈……但在悬崖下的山路上，莉娅失足跌倒了，米拉去帮忙……米拉当时不应该和她分开的。等米拉带着水、食物、绷带还有莉娅的妈妈回去的时候，莉娅已经不在了。得到她们帮助的美洲狮和它的孩子们，是这样表达感谢的——它们杀了她，吃了她。

现在，卡米拉站在这儿说她是莉娅？

"死了？"卡米拉说着，疑惑地眨了眨眼睛，"不是吧，你以为我死了吗？"她抓住我妈妈的双手，"米拉，你真的那样以为的？"

"莉娅死了，被美洲狮吃得只剩下一堆骨头……"妈妈的声音颤抖着，说不下去了。

"不！"卡米拉说，"我逃走了。虽然现在想起来也觉得愧疚，但是我成功逃离了那一切，逃离了我妈妈，逃离了荒野世界。我不想成为女巫，我只想唱歌，做我自己，而不是成为我妈妈的复制品。我也不想有豆蔻之夜，但她不听，她从来都不听我的意见，她只是一味地说我要加强练习。当时，在你离开之后，我突然有了一个念头：如果我消失了会怎么样？如果再也没有人能找到我，那么我就能过自己想要的生活，而不是成为那个别人认为我应该成为的人。而且，我也遵守了诺言，在你的豆蔻之夜帮助了你。这一切都是误会，米拉，我很难过……我不应该从你身边逃掉，但我完全不是故意伤害你的。"

妈妈的脸色苍白得像新洗的床单。

"但是那些骨头……"妈妈说。

"这也是我逃走的原因之一。"卡米拉说，"美洲狮杀死了一只山羊，就像杀死一个婴儿一样容易。山羊挣扎着试图逃走，但不一会儿美洲狮就把它的脖子咬断了，山羊也无法继续喊叫了。美洲狮和它的孩子们上前一顿饕餮，最后叼走了尸体，只留了一些肉和骨头。这可能是它们表达感谢的方式，它们要与我分享猎物。但我的耳朵里一直回响着山羊绝望的号叫。那只可怜的山羊，它原本站在那儿好奇地看着我，接着美洲狮猎杀了它……我无法接受。我妈妈和她的水蛭已经够可怕了，而那一切……"

"你怎么可以那样做？"妈妈的声音细小到难以听清，"你怎么可以让我以为你死了？"

"可是，我没有想到，我怎么能知道……可那只是山羊的骨头啊。"

"完全看不出来，只剩下那么一点儿。你怎么可以……莉娅，你当时不能走的啊，你都站不起来。我以为你当时孤独无助，成了它的猎物。"妈妈哽咽了。

"我当然考量过了。我的脚受伤了，但还可以站起来。"

"所以你骗了我？你装作不能行走的样子，实际上这一切都是你计划好的？"

"你把我说得太无情、太有心计了，事实并不是那样的。这么做，只是因为我不想回家。我完全没有多想。起初，我只是想在外面躲几天再回家，等到豆蔻之夜过去，然后随便我妈妈怎么指责我——毕竟豆蔻之夜一生中只有一次。如果不按她的要求度过这个夜晚，我就不会成为一个真正的女巫。但后来，我遇到了一个在街头卖唱的年轻男子。他比我大几岁，也是从家里逃出来的——我们在一起了，这才是我真正想要的生活。米拉，有他，还有音乐，你能理解吗？"

妈妈沉默了许久，最后开口说话时，声音里透出伤心，"你至少应该告诉我你的消息啊，写封信或者……"

"我只是害怕我妈妈会找到我。"

莉娅的妈妈，那个水蛭女巫，表面看起来那么友好，但内心……我能理解莉娅为什么不想回家。可是，如果阿里西亚没有失去女儿，她也不会变得这么恶毒。她把一切都怪罪在我妈妈身上，也正是因为这个原因，她释放了布拉维塔，她以为布拉维塔可以帮她报仇。

我无法克制自己的想象，如果莉娅当时没有逃走，现在的情况会多么不一样。我妈妈应该会成为女巫，她不会逃避整个荒野世界，而是教我如何发掘自己的潜能。阿里西亚的生活也会有所不同，布拉维塔也许永远不会被释放。但我也无法责怪卡米拉。我还记得她和迪万分别时的那个吻，还有她的歌声，童话般梦幻的嗓音，以及她和全家人一起创造的音乐。如果她仍然做阿里西亚的女儿，这一切都不会发生。

"第一次看到克拉拉的时候，我还以为她是你，我还以为你就站在那里，还和以前一样。因为我时常会想起你。在我脑海里，你仍然是十三岁的样子，尽管我清楚这是不可能的。然后，我意识到克拉拉一定是你的女儿，也知道自己一定会来找你。你能原谅我吗？"卡米拉问。

妈妈摇了摇头，她看起来很迷惑。

"我不知道我应该怎样去想，"妈妈说，"我不知道我现在的感觉是什么样的。"但她还是把一只手搭在卡米拉的肩上，注视了她许久。"莉娅……"她轻声呼唤，声音似乎又回到了小时候，"真的是你吗？"

"米拉和莉娅，永远的朋友。"卡米拉重复道。

她们紧紧相拥，两个人仿佛都还是十三岁，她们还是最好的朋友。

WILD WITCH

Chapter 12
第十二章
彩虹屏障

距离上次坐在爱莎姨妈家的厨房里，我感觉像是过了好几年，虽然实际上只过了短短几天。

我依然很累，但终于可以摆脱防护服，换上干净的衣服了。图图站在窗帘杆上，闭着眼睛。太阳就要升起来了，也就到了猫头鹰睡觉的时间。

平常爱莎姨妈家也会有一些动物造访，但今天家里到处都是鸟，连椅子扶手和椅背上都落满了鸟。我坐到沙发上时，下面发出奇怪的声响，是獾一家钻到了沙发底下。它们和猫头鹰一样是夜行动物，所以白天很不情愿被打扰。狗窝被一群鹧鸪和一对兔子占领了，所以汤普只能左顾右盼，寻找可以休息的地方。它的个头儿比较大，小动物们看它靠近自己，都紧张得叫出声来。

"可以静一静吗？"我用几乎是唱荒野之歌的腔调说，试图让动物们都能听懂我的话。叫声停息了，汤普也终于在饭桌下卧了下来。

很多动物尽管是天敌，此刻也停止了打闹。狐狸让老鼠和鹧鸪安静了下来。屋外的苹果树下，两只公刺猬也不再试图撵走对方，而是互相挪了挪位置。一切看起来都平和安详。

"你们一定要帮我，"我对妈妈和莉娅说，"虽然时间已经过去很久了，但你们两个受到的荒野训练要比我多很多，你们知道应该怎么做。"

"你想要知道什么？"莉娅问。

"我如何能最好地保护……"我拿着杯子的手一挥，杯里的茶差点儿洒出来，"……这一切，所有动物。"

"魔法防护？"妈妈问。

"是的，保护所有来到这里寻求庇护的动物们。妈妈，我能感受到你加强了小溪边的防护，你是怎么做到的呢？"

"其实并不复杂，"她说，"只需要从所保护的区域找到一点儿土、一点儿水、一小截可以点燃的木柴和一根羽毛，然后和一点儿头发、少许唾沫混合在一起，接着对着它吹气。还有一段口诀，就像荒野之歌一样，用来帮助人们集中注意力，所以口诀很关键。"

"怎么念呢？"奥斯卡问，"就像咒语一样？"

妈妈微微一笑，我第一次听到妈妈如此平静地讲述因为失望而试图忘却的，或者说试图从我的生命中抹去的魔法。

"可以这么说，"她清了清嗓子，"尘和尘，水和水，火和火，气和魂，共同抵御敌人和极大的苦痛吧。这里没人能进来，没人能出去——如果没有得到我的同意。"

这首荒野之歌听起来就像是一段宗教仪式上的圣歌，因为它们都很古老吧。我不确定是否能背会它，于是草草地把这些词记了下来。

"这种魔法的作用是双向的。"莉娅说。妈妈点了点头，"荒野巫师保护所有寻求庇护的生灵，同时这些生灵在一起保护巫师。这极其重要，所以说我们要'共同抵御敌人'。"

"这能阻止布拉维塔吗？"奥斯卡怀疑地问。

"很难确定。"妈妈说，"但我可以确定，这么多年来，从来没有一个巫师聚集起如此多的动物过。"

"这样啊，"我松了一口气，"应该不是由我一个人来保护它们吧？"

"当然不是，你只是要将它们所有的力量凝聚起来。"

我感觉舒服了许多。我一个人的力量无法让布拉维塔在夜里沉睡，我唯一能做的，可能只有大声喊"走开！"。前几次我比较幸运，布拉维塔低估了我的能力，但我无法保证能再次出乎意料地打败她。

"我到小溪边去，"我说，"她应该离我们不远了，所以要快点儿让防护强度达到最大。"

"需要我和你一起去吗？"奥斯卡问。

"不用，你最好留在这里，这样我才能集中注意力。"

他注视着我。"很有趣，"他说，"你为自己做事时不会这么奋不顾身。"

"什么意思？"我有些不愉快地问。

"我是说，如果有坏家伙在院子里把你推倒，你可能不会拼命反抗。但如果有动物或者人需要你的保护，你突然间就会变得像个勇士。"

我感觉到脸颊发热，勇士——这应该是奥斯卡给过我的最大赞扬了。

小溪边一片寂静。我猜，所有动物都已顺利赶到这里，并找到了藏身之地。用荒野感知去倾听，就会发现小溪靠近爱莎姨妈家的这一面到处都是生命的脉搏，另一面则一片死寂——完完全全的寂静，除了植物发出窸窸窣窣的声音，就只剩下大地深沉的吟唱。

我看了一眼笔记上的口诀。我本该问问妈妈"苦痛"是什么意思的，但现在太晚了。如果不理解什么意思，按照原话说出来还会起作用吗？

我深吸一口气，思考是否应该用手指一指或者挥一挥，做一个魔法手势。但这就算有用，我也不知道怎么操作。于是，我跪在小溪边，离桥只有一步之遥，小心翼翼地从面前的碎石小路上抓起一把土。

"大地之尘，"我小声念道，在其中放进了我剪下的头发，"我的尘土。"接着，我用爱莎姨妈的茶杯从小溪里舀出一点儿水，这一切进行得很自然，而且整体感觉是对的。"大地之水……噗……我的水。"我竭力从干燥的口中吐出一点儿口水。"大地之火……"我把一根树枝伸进蜡烛的火焰，确保它能点燃，"我的火。"我用奥斯卡送的小刀在大拇指上划出一个小口，滴下一滴血。"大地之气……"我让一根羽毛缓缓落下，它在空中旋转飞舞着，"……还有我的灵魂。"我冲着眼前的一切呼了口气，火焰跳动得更热烈了。

接着，我闭上眼。看来，我完全不需要做笔记。这一切都清晰地在我的脑海闪现，好像我在过去的千万年里已经重复了千万遍这句口诀。

"尘和尘，"我轻声说，"水和水，火和火，气和魂。"

我的身体内外似乎都发生了反应，好像有什么凝聚在一起了。我紧闭眼睛，能感受到自己渐渐升起到空中，有什么在扶着我越升越高。

"共同抵御。"

我能听到自己的声音，已经不再是轻声细语了，也不再是我一个人的了，而是许多生命的——千万条生命的千万种声音与我的声音合在一起。

"抵御敌人，"我大喊，"和极大的苦痛吧！"突然间我懂得了一切的含义，包括"苦痛"。这应该和身体或者心灵受伤后的疼痛是一样的，伤人至深。

他们都与我同在：每一只鸟，每一只昆虫，以及其他的每一个动物，妈妈和莉娅，奥斯卡和他的想要拯救世界的榛睡鼠勇士。他们充盈在我体内，我不由得伸开双手。我知道自己已经不再跪在碎石路上了，我升到空中，慢慢地开始旋转。

"这里没人能进来，没人能出去……"我的声音震天动地，如雷电一般。我开始越来越快地旋转，这咒语似乎有一股磅礴之力在背后推着我，"如果没有得到我的同意……"

"如果……"

"没有……"

最后几个词我一定要一字一顿地讲出来。我试图赋予它们含义，让它们不只如雷电般响亮。一股强大的凝聚力穿透我的身体，将我推到了顶端。似乎我已经不是我了，我拥有了荒野世界最强大的力量，这是千万个生灵的力量，这股力量正积蓄在我的体内。

"我的……"

"同意。"

最后一个词，最后一个音节，已经凝聚了所有生灵和所有力量。我松开手，力量向四面八方扩散开来。我微微睁开眼，看到自己落在了一面彩虹镜子当中。不，不是一面镜子，而是镜子中有镜子，里面的镜子中还有镜子……

我可以离开，从无尽的镜子中消失，从镜子中走出来，再从镜子中走出来，再从镜子中走出来……但最好不要，我告诉自己。如果在里面迷失，我就永远活不过来了，就永远不能成为克拉拉了——一个有血有肉、身单力薄的小女巫；一个平凡但又不平凡，时而胆怯，时而如勇士般的女孩儿。

"我想成为克拉拉，"我小声说，"只想当克拉拉。"

接着，我掉了下来。我不知道自己从多高的地方跌落，不知道过了多久，但在碰到地面的时候，我的身体一震，体内积蓄的力量在一刹那间全消散了。

我躺在地上，过了很久很久。时间失去了意义，似乎我在这里躺一个小时还是一年都无关紧要。

我整个人被掏空了，有什么在刺痛我，但也没有意义了。

最终，一切都无所谓了吧。人类的生死，动物的存亡，都没有意义了。我没有去想我的感官会不会恢复。如果有人打开我的头颅或是心脏，可能会看到里面如同被电击过一般，一切都烧焦了，熔在一起。但还是会有所残留，因为我的身体不是塑料，总归会剩下些什么。

我不知道自己还能不能移动，也没有愿望去尝试。我现在和爱莎姨妈还有其他人是一个状态吗？——被困在一个时间不再流逝的地方，心脏无比缓慢地跳动着，几近僵硬，处在一个万物静止的境地。

"噢不，噢不，噢不。"

我听到了几声惊叫——和什么也不是的声音一模一样，但怎么会是它？

"我的！"

是我的猫？不，小猫，它现在发出的声音和小狸很像，但它也不在这里啊！

"站起来！"

这个严肃又冷酷的命令口吻是卡赫拉的。

"克拉拉，我们需要你，需要你和奥斯卡。你能站起来吗？如果你一直躺着，会死掉的！"

后来我意识到，这些声音只是我头脑中的回响。这个讲了最多话的人，却是以前最安静的人——阿库斯。

他说，如果一直躺着，我会死掉的。

会吗？有可能。我现在几乎感受不到自己的身体，不知道哪里在痛。

他们完全不放过我。

"我的。起来！不要死！"

直到一只看不见的猫爪拍了拍我的头，我才发现，体内最后剩余的一点儿克拉拉还没有完全消散。

我坐了起来。

这听起来很简单，但我用尽了力气。

我空洞的脑海里，喧嚷的声音消失了。周围安静到让人费解，没有虫子的嗡嗡声，没有风声，没有青草和灌木的沙沙声。

我看不到那座桥了。

怎么可能?！它明明就在我眼前来着，只有一步之遥。但现在除了田间小路和草丛之外，我什么也看不见了。小桥、溪流、爱莎姨妈的房子、房屋背后的山坡——一切都消失了，就像它们从未存在过一样。

发生了什么? 我做了什么? 它们不能就这样消失吧?

我举起空洞但沉重的手，摸了摸同样空洞但沉重的头，我无法理解这一切。我体内的荒野感知在瓦解，只要想使用它，身体内外就一阵剧痛。苦痛，这正是其中的含义。

我仍然坚持着使用残存的荒野感知。突然，我看见了它——不是房子、小桥和山坡，而是一个发出彩虹般七彩光芒的巨大的泡泡，大到能装下爱莎姨妈保护的整个区域。它反射出天空、森林还有原野的图样，因此其余的什么我都看不见。光线在打到泡泡表面时都改变了方向，这样只能看见泡泡的镜面成像，却无法透过它看到里面，被它包裹的世界仿佛藏了起来。就在我想要朝一个方向走的时候，脑袋里冒出了奇怪的想法：为什么我不走另一条路

第十二章 彩虹屏障

呢，走左边这条更好吧？朝西或者走回森林。为什么我会觉得这条路通向其他地方呢？

这就好像布拉维塔曾经在翠碧身上使用的遗忘诅咒。咒语使得翠碧的孩子忘记了她的存在，没有人能说出她的名字，她在自己最爱的人面前完全遭到了忽视。

彩虹屏障似乎会让人晕头转向，周围是强大的气流，似一股阻力，站在彩虹屏障附近让人难以呼吸。屏障表面就像弧形的橡胶墙壁，即使拼尽全力撞上去，这层屏障也只会向内微微凹陷一点儿，然后再弹回来。

我突然感到一阵寒意，牙齿不由得打战。成功了——我其实已经创造了可以强大到抵御布拉维塔的防护网。

我就站在防护区域外面，虚弱得像一只初生的羊羔，或者一只弱小的獾，等着被吃掉。

我向前缓慢地移动了几步，虽然看不见小桥和溪流，但我能记得大致方向。

"我同意，"我小声说，"让我进去。"

突然，阻力消失了，镜子也不见了，我的双脚落在小桥破旧的木板上，原本的寂静被喧闹的生命打破了。

"克拉拉！"妈妈说，"我们无法出去找你。刚刚你就躺在那儿，我们出不去，帮不了你。你没事吧？"

"没事。"我轻声说，接着就跌倒了，像一台散架的机器。我的头撞在桥的护栏上，紧接而来的就是无尽的黑暗和刀割般的疼痛。我不知道自己到底是晕过去了还是睡着了，但似乎到了很远的地方。

WILD WITCH

Chapter 13
第十三章
片刻安宁

醒来时，我正躺在阁楼房间里的床上。汤普趴在旁边，所以我全身暖洋洋的，感觉整个人沉浸在安全和祥和里。

床边是蓝色的梳妆台，这是爱莎姨妈在不久之前送给我的。桌上放着一杯牛奶，旁边的盘子里散落着一些面包渣和切成薄片的黄瓜。我心想，这应该是给我这个受伤的女巫准备的吧？但看来汤普已经吃掉了这些"关怀"。

不过至少它没去舔牛奶。我口干舌燥，好像跑了一次全程马拉松。我伸出颤抖的手拿起牛奶杯，痛饮了一大口。

我很想就这样躺着，直到全身的疼痛散去。但是，我又想去厕所，而且布拉维塔也一直萦绕在我的心头。她到了吗？她在防护区外，在彩虹屏障的另一侧吗？我想知道事情到底怎么样了，我想知道防护网到底有没有效果。

"所以，我们快走！"我推了推汤普，它从床上滚下来，摔到地板上，又打了一个滚儿。

我感觉双腿有些不受控制，但还是用力走下楼梯，还好没有被汤普绊倒。

"哦，你醒了。"我走进厨房时妈妈对我说，"感觉好些了吗？"

妈妈正在爱莎姨妈的厨房里做晚饭，看起来就像往常一样。几只饥饿的水老鼠在旁边眼巴巴地看着，奥斯卡坐在客厅里用我的手机打游戏。汤普慢悠悠地走到自己的喝水碗前嗅了嗅，又凑近碗边上的青蛙闻了闻。好吧，现在可能和平常的生活并不完全一样，但没有战斗，平静又安宁，仿佛我们从来没有受到要吃掉荒野世界所有生物的重生者的威胁。

"我感觉还好，"我撒谎，"发生了什么事吗？"

"没有，"奥斯卡说，"完全没事，但是没有信号。"他把手机递到我面前，"你可以投诉。"他说，"他们的广告怎么说的？'无论你在哪儿，无论你在做什么。'"

他说得对，我的手机最重要的功能就是，无论你是极地科考家、登山者还是远洋航海家，都能接收到信号打电话回家，和孩子说晚安。这也是尽管它很贵，对我来说太奢侈，但妈妈和爸爸还是买给我的原因——其实奥斯卡用这个手机比我用的还多。"这样一来，你就可以随时给家里打电话了。"妈妈当时说。而且确实，在一些奇奇怪怪的地方，比如爱莎姨妈家里，这部手机也能收到信号。但如果用普通手机的话，可能就要跑到房屋后的小山丘上才能勉强连上信号。

然而现在没有信号。

"广告里的承诺一定不包括魔法泡泡，"我说，"只能说这是我们自己的问题。"

妈妈递给我一杯接骨木花汁。

第十三章 片刻安宁

"给，"她说。"你需要这个，不过当你的身体恢复到一定程度时才会起作用。"

"哦……好。"说着我两口就把杯里的东西喝完了，"谢谢，我们什么时候吃饭呢？"

气氛如此日常，就像我刚刚放学回家，好像千万个动物的力量集聚在我体内，而后我用其制造了彩虹屏障这件事根本没有发生。不过无论如何，我现在饿了。

"马上就好了，"妈妈说，"我在做蔬菜汤，刚刚加了一罐豆子，还需要煮一会儿。"

"好的。"我说，但我好想吃肉酱意面和多汁的烤牛排。不过在家里，妈妈一般只用蔬菜做饭——她很讨厌去碰那些沾着血的生肉和骨头。我还在想，现在会不会有所转变，因为她已经知道莉娅其实没有死了。毋庸置疑，当年莉娅"死"后，妈妈就失去了对肉类的兴趣。平常我觉得吃蔬菜也不错，但这一次我真的很饿，而且渴望吃肉。

奥斯卡放下手中的游戏抬起头看着我。

"你这次真的醒了吗？"他问。

"什么意思？"

"你之前有些奇怪。"

我皱起眉头。

"之前？"

"是啊，几个小时前。"

我看了看厨房的钟，快到六点了——我已经睡了一整天。或者，只是我以为我一直在睡？

"我之前醒过吗？"

妈妈原本在搅拌锅里的食物，这时停了下来。她和奥斯卡都用那种"你到底怎么了"的眼神看着我。

"你完全不记得了吗？"妈妈说，"你吃了六片黄油面包……"

我摇了摇头。盘子里的面包屑似乎得到了解释——原来我错怪汤普了。

"你现在好了吗？"妈妈问。

"我觉得好了吧，身上还是有些疼，但……"究竟吃没吃面包这件事困扰着我，让我感到不安。但换一个角度想想，在魔法的作用下这也许是一件自然的事。

"莉娅呢？"我问。

"她在小桥边看守，我们轮换着来。"

"我这就出去看看。"我说，虽然我饥肠辘辘，双腿沉重，一点儿都不想离开厨房，至少不想在吃晚饭之前离开。

奥斯卡放下手机。

"我和你一起去。"他说。

"好，"妈妈说，"不过晚饭再有十分钟就做好了。"

莉娅坐在离小桥很近的花园长椅上。她抱着竖琴，弹奏出柔和的乐曲，同时也跟着哼唱。这不是卡米拉的歌，甚至称不上旋律，更像是……

不，不是更像，而是就是咒语，荒野之歌。

"你在做什么啊？"我问。

她似乎受到了一丝惊吓，停止了演奏。

"我看到那边好像有什么动静。"说着她指了指小溪对面的森林深处，"我不确定是不是布拉维塔，但我觉得还可以再加强防御能力，最好让她找不到我们在哪儿。"

我也朝森林深处望去——我们在屏障里面可以清晰地看到外面，但没看出什么异常。

我突然想起了一些事。

"她之前来过这儿，所以我们很难藏起来。而且，她很快就会发现不太对劲。"

"为什么？"

"因为外面完全没有生命，她和水蛭都没有可以用来维系生命的食物。"

所有的动物，方圆几公里之内的生灵，都聚集在防护区域内了。

"哇，真厉害！"奥斯卡说，"这样一来，如果想吃东西，她就得先离开这里！"

我点了点头。但她还是会知道我们在哪里，最起码能知道大体位置。所以，也许并不厉害。

我端起蔬菜汤狼吞虎咽，汤太热了，烫伤了我的舌头，我赶忙喝了一口冰水降温。接着，我又吃了三片黄油面包，之后又吃了三片。最后，所有的饭都吃完了，也没有多余的面包了。

"我们总共有多少吃的啊？"我说，"我们会挨饿吗？"

"目前不会，"妈妈说，"我可以再烤些面包，还有很多面粉和酵母。爱莎的橱柜几乎是满的，我猜她并不经常购物，但总体来讲她储存的食物很多。"

橱柜的几层架子上摆满了果酱、瓶装番茄、干豆子，以及几袋粮食，还有一箱冬季常吃的蔬菜——土豆、胡萝卜、洋葱、白菜等等。冰箱里还有肉——三只野鸭、两只野鸡，还有一些里脊肉。爱莎姨妈不是素食主义者，如果一只母鸡折断了翅膀而她无法治好，她就干脆把它炖到汤里。但她不会为了吃肉而故意杀死动物。

我突然在想，外面的动物都怎么样了？房子里面的动物呢？它们都是野生动物，应该可以照顾自己。幸好春天到了，青草和树木已经抽芽。但这有限的空间内有这么多动物呢，它们吃掉防护区内所有的植物需要多长时间呢？

还有，那些食肉动物怎么办呢？比如说狐狸和豹子。如果它们开始残杀其他动物，最后很可能会成为一场血战，弱小者都难以幸存。单是想想，我都觉得害怕。

也许，我能让它们安静下来，或者告诉它们不要打闹，就像我劝说鹧鸪还有鸭子不要冲着汤普乱叫一样。

头好痛，汤在胃里翻江倒海，我感到一阵恶心，但依然觉得饿。

我的思想停滞不前。

饥饿。

不该这样啊，实在不能再吃了。显然，我消耗了太多精力——无穷的力气——用来创造彩虹屏障，但是……

我突然想到了什么，顿时全身冰冷。

之前，有一次我感到饥饿，但饥饿感并非来自我本身。

"噢不！"我脱口而出，我可能无意间被什么也不是传染了，"不要再……"

"但是，布拉维塔怎么可能做到呢？"奥斯卡在我试图解释哪里不对劲时问。

"我也不知道她有没有这个能力。"我筋疲力尽，内心充满恐惧，对一切感到厌倦，"但我梦到过，不是吗？我知道她正在来的路上。"

"是的。"

"而现在，她可能让我感受到了她的饥饿。"

"你确定再吃东西也没用，是吗？"

"就算我吃到肚皮炸裂也没有用，因为她依然很饿。"

我深吸一口气，感觉这太不公平了。我已经竭尽所能做到最好了，我兑现了豆蔻之夜的承诺，保护了所有动物。我就不能得到片刻的安宁吗？

WILD WITCH

Chapter 14
第十四章
体内的叛徒

"这有点儿像被困在城堡里。"奥斯卡若有所思地说，"我们搭起了胜利的桥梁，她进不来，可是我们也出不去。"他从爱莎姨妈的鸟食里拿出一粒瓜子喂勇士。勇士用蓬松的尾巴——虽比不上松鼠，但比普通老鼠的粗壮很多——支撑住身体，用两只前爪捧着瓜子嗑。

我们要去桥边帮莉娅，妈妈让我们在沙发上安静地休息一会儿。但我的内心难以平静，我们离厨房实在太近了。我的身体不饿，但我饿。我希望待在闻不到食物气味的地方，使饥饿感得到缓解。

小溪里满是鱼和其他水生动物，昆虫贴近水面飞舞盘旋着。在小溪下游，几只水獭从岸上滑落到水里，水花飞溅。它们接着游回岸上又来了一次。这让我想起了以前在自家院子里玩儿滑梯的场景。

看到水獭这么自在，我感觉好受了一些。这就是我所有努力背后的意义——确保它们可以免受布拉维塔的杀戮，永葆自由，永葆欢乐，永葆生命力。

"还有一些汤，"我对莉娅说，"你快点儿去吃吧，还是热的。"一想到刚刚无比艰难地控制住自己，才留了些饭给她，我不禁有些尴尬。还好，她不知道我现在对食物有多么贪婪。

莉娅依旧坐在长椅上，聚精会神地观察着远方的森林。

"有人在那儿，"她说，"我已经第三次看到那根树枝在动了。"

确实如此，那边有人。是布拉维塔吗？

不是。森林里的那个人穿着糖果色的衣服，裙子没有像往常一样鼓起来，除此之外并无异样——是水蛭女巫阿里西亚。

莉娅站了起来。

"妈妈……"她脱口而出。我猜她是在自言自语，应该不是在告诉我们那是她妈妈。

莉娅局促地站在那里。

"我必须和她谈谈。"她说。

奥斯卡和我交换了一下眼神。

"可是，我觉得现在不是一个好时机。"奥斯卡说。

"她以为我死了，"莉娅说，"我要告诉她我没有死！"

"她已经相信了二十年了，"我说，"再多一天或者两天也没有太大的区别吧？"

但莉娅不听我们的建议，一个箭步冲向小桥。

"妈妈！"她大喊，那声音听起来和往常不同，更像一个孩子，"我在这儿！"

奥斯卡追了过去。不过，这显然没必要，莉娅已经停住了脚步，好像前面被一堵结实的墙挡住了。

她懵了，我也是。"这里没人能进来，没人能出去——

第十四章 体内的叛徒

如果没有得到我的同意"，我一直都牢记着这句口诀。我没有允许莉娅出去，我不希望她现在出去，那么她就出不去——"门"已经关上了，被牢牢锁住，而开门的"钥匙"只在我一人手中。

她突然反应过来，于是转过头看向我。

"让我出去，"她说，"我要和她谈谈！"

奥斯卡紧张地看了我一眼。

"现在不行，"他低声说，"不是吗？这完全是个馊主意。"

"我不确定，如果放你出去，会不会破坏整个防护屏障。"我撒了个谎。或者这也不算谎话，因为我没有尝试过，但可以确定的是，我有能力让这一切发生。

有那么一瞬间，莉娅看起来试图强迫我放她出去，似乎完全不在乎布拉维塔、防护屏障和这一切。但最终她还是停下了。

"不，确实……这样做不太好。"她说。

"如果阿里西亚在外面，"奥斯卡说，"那么，布拉维塔也会在，尽管我们看不见她。"

莉娅用一只手揉了揉脸。

"太奇怪了，以这种方式看到她。"她说，"我只是从她身边逃走了，而不是像她想的那样死了。"

"进屋喝点儿汤吧，"奥斯卡安慰她，"也许，我们可以在不破坏防护屏障的前提下，找到什么办法让你妈妈知道这个讯息。"

莉娅慢慢转过身去，脸上写满了悲痛和沮丧，失去了神采。她把竖琴抱在怀里，就像抱着布娃娃一样。

"发生什么事的话就叫我。"说完她耷拉着脑袋垂着肩走回房子里去了。

奥斯卡目送她离开。

"我们一定要时刻关注她。"他说，"堡垒有两种方式被攻破：外部强攻，或者内部叛变。"

"她什么都不能做。"我说，"如果我不同意，她就出不去。"

奥斯卡看了看我。

"你不会让她出去的，对吧？"他说，"她就像有几千年没见到自己的妈妈了，浑然不知她妈妈已经变成了什么样。她不知道……她从来都没见过布拉维塔，她会被吃掉的。"

"我知道，"我说，"我会注意她的。"

在小溪的另一边，阿里西亚一直在寻寻觅觅，似乎能感觉到我们就在附近，却找不到路。突然，她停了下来，大声呼喊。虽然我只能模模糊糊听到被彩虹屏障削弱了的声音，可还是脊背发凉。

"莉娅……"她高呼，"小莉娅，回家找妈妈吧！"

防护区域内外一片漆黑。如果仔细观察，就会发现屏障上被月亮照到的地方泛着微弱的光。奥斯卡挥舞着手，想要赶走什么。

"你是不是把蚊子也邀请进来了？"他说。

"我觉得现在应该还没有蚊子吧。"我漫不经心地说，因为实在难以抑制饥饿。

我们没看到布拉维塔，只看到了藏在草丛里的阿里西亚。

"她已经变得疯疯癫癫，"奥斯卡说，"我真的有些同情她，但是……"

"是啊，"我说，"但是。"

饥饿侵占了我的整个大脑。我的肚子并不空荡，但饥饿感一直没有减弱。

"我累了。"我低声说。

奥斯卡看了我一眼。

"我可以一个人看守一会儿。"他说。

我找到了爱莎姨妈的旧雨衣，躺在上面，一抬头就看到了几颗星星。爱莎姨妈说过，星星其实一直都在，只是城市里的灯光掩盖了它们的光芒。街灯、屋子里的灯、霓虹灯、流水般的车灯……它们都在夜里拥挤着、喧嚷着，所以大家看不到也听不到其他了。我更喜欢这里的星空，安静的氛围让我可以陷入沉思。夜间的空气里弥漫着森林的气息，不应该允许侵犯神圣大自然的怪物闯入此地。

那是谋杀，是侵犯神圣。所以，我有义务保护这一切。如果不能为世界上的生灵斗争，我作为女巫还有什么意义？

噢，我要是不饿就好了……

应该有办法解决吧。我周围都是生命，吃掉一两个以弥补我在创造防护屏障时受到的伤害也无大碍吧。而且，我这样年轻就已经有如此了不起的壮举，我应该为自己骄傲。但我也要学会照顾自己，学会在取舍之中达到平衡。付出一切甚至更多，可能会让一个女巫死去，一定要谋取一些什么来保持平衡，比如，用一条或两条生命作为拯救千万条生命的代价。这是我的权利，完全不违反规则——一条鱼，或者两条，或者一只躲在草丛里的小野兔……

"克拉拉，你在做什么？"

奥斯卡的声音叫醒了我，我不耐烦地转过头去。

"你看不出来？"我说。

他后退一步，满脸惊讶，差点儿像水獭一样滑落进水中。

"你怎么了？"他问。勇士钻进他的口袋里，藏了起来。

如果我吃掉勇士，他一定会很生气吧。

直到现在，我才意识到哪里出错了，而且是完全错了。

布拉维塔在成为奇美拉之前就能够触碰到吉米——那时，吉米只是一个觉得自己被冷落、因为爸爸杀死了她的寒鸦而万分伤心的女孩儿。布拉维塔还在关押了她几百年的冰冷囚牢中时，就能触及吉米。

现在，她也能触及我。她在我的脑海里，试图左右我的思想。

也许，正是她试图让莉娅突破屏障去找妈妈。

莉娅没能做到，而我可以，我可以在屏障内外自由穿梭，可以随意将"门"打开再关上。

我闭上眼睛，想要……我不知道。我需要清洗大脑，将它洗个遍，直到再也听不到布拉维塔的低语。但我不知道自己能不能做到。

"你为什么这样做？我们可以互相帮助。"

"不！"我拼尽全力大声喊道，"走开！"

"克拉拉？"奥斯卡盯着我，"你到底怎么了？"

"我有你的血，我有你的肉。你是我的一部分，我是你的一部分，你不能一直抗拒我的存在。你为什么要那样做呢？我们在一起可以实现所有梦想。"

"她有我的血，她有我的肉。"我重复道。

"你说什么？"

"水蛭吸了我的血，秃鹫啄走我的一块肉，我不能将她排出体外，她想要侵占我的身体！"

"哪里？"奥斯卡连忙环视四周，"她在哪儿？"

"这儿！"我几乎尖叫着，用拳头不住地敲打我的额头。

"你能让她离你远点儿吗？"他问。

"我试着那样做了，但她一直试图在我不经意间进来。"我突然想到刚醒来时床边空空的盘子。

"在我吃很多片面包的时候，你和我说话了吗？"

"我想和你说话，但你没有应答，一个字也没说，也什么都没对你妈妈说。你只是吃完面包又回屋了。你妈妈拿着一杯牛奶上楼，但那会儿你又睡着了。"

一种绝望的感觉涌上心头，缠绕着我。

"那不是我，"我接着说，"那是她。"

奥斯卡惊恐地睁大眼睛。

"真的吗？传说中的身体入侵者？"

我完全不知道他在说什么。

"你说什么？"

"就是那部老的恐怖电影，人们被外太空的外星人所取代，有点儿像吧？但……"他看起来有些迟疑，"他们将某种玩偶当作替身……"

"奥斯卡！"

他终于闭嘴了。

"好好，不过我觉得这一点儿都不好玩儿。我们现在应该怎么做呢？"

我没有回答他，因为我也没有答案。

他刚刚说什么来着？堡垒被打破并不总是源于外部强攻。

有时候，是因为内部叛变。

WILD WITCH

Chapter 15

第十五章

游离液

我把奥斯卡留在小溪边，自己回到了房子里。他也想回来，但我说一定得有人把守着。他脸上显露出不情愿，只是没说出来。

"我们可以一起讨论一下，"他说，"我们好好想想，一定会有办法的。"

"也许吧。"我说，尽管并不相信他的话。我没有说出自己目前想到的唯一计划。

尽管我们有很多食物，有很多饮用水，动物们目前也没有吃光树叶和青草，但……防护屏障终将崩塌。或者说如果我不做些什么的话，它一定会崩塌。

"怎么啦，我的宝贝？"妈妈问。

我努力保持微笑。

"没什么，"我说，"只是想查查草药书。"

"你头疼吗？"

"有点儿……只是……"我实在想不出借用爱莎姨妈那本书的理由，"呃，我需要用它再强化防护屏障。"

"防护屏障？"

我心里想的就是这个名字，不是吗？我知道布拉维塔是这样称呼它的。

"好吧，应该是……"我晃了晃手臂，"彩虹屏障。"

妈妈有些奇怪地打量着我。

"你确定你还好吗？"她说。

"我很好。"我的笑肯定很假，但她没有追问。我拿着书上楼，回到我的房间。汤普跟着进来，跳到床上，卧到我脚边。

爱莎姨妈在毒草药方面做的记录不多，她只记录了那些可以治疗疾病的，而且重点标明要谨慎使用这些草药：野山茄、毛地黄、莨菪、曼陀罗。

我坐下来认真阅读这些细致的描述——恶心、胃痉挛、呕吐、心脏骤停、死亡……我震惊了。汤普微微竖起耳朵，皱起眉头，关切地看着我。我有什么不对吗？

应该是吧。我在脑海里酝酿着一个计划，或许可以通过毒杀自己来杀死布拉维塔。她对于使用魔法的进攻戒心极强，但于莉博士说过，强势的巫师只想着用魔法解决问题，所以我曾经用完全依靠体力的简单方式打败了她。

对布拉维塔来说，她想拥有一个新的身体，目的只是想要加强巫术，用来抵抗荒野世界。她想侵占我的身体，想把我的力量转化成她的，而且我猜想防护屏障只会激怒她。她应该并不知道这些力量不是我一个人的，而是千万个动物的力量凝聚的结果。或者她知道，所以想逼迫所有的动物臣服于她。比如，被她吃掉的那头牛，完全没有抵抗的能力。

所以，这个计划——如果能这样称呼它的话——就是假装她在我耳边的轻声细语奏效了，然后我出去找她，让她侵占我的身体。在她完全进入我的身体后，我服下毒药，杀死自己和她。

这样做有一些风险。首先，我一定要延迟毒药发作的时间，以免遭到她的怀疑。其次，我要确保当她进入的躯体死了，她也会随之死去。她一定会试图逃离，但那时周围已经没有其他选择了。她一定会将水蛭带到我身上，我希望她原本的水蛭躯体也会中毒。然后才轮到阿里西亚，布拉维塔暂时还不想侵占她的身体，因为没有太大用途。而且阿里西亚是一名训练有素的荒野女巫，征服她很难，布拉维塔这样做"没有价值"。如果实在没有其他选择的话，布拉维塔应该会将就一下。如果我能通过某种途径削弱布拉维塔的力量，那么也应该可以通过这个方法毒死她。

整个计划最大的缺点就是，我不知道自己应该如何活过来。

我当然不想死，我才十三岁！我应该活得更长久一些。但其他人呢？我完全不能想象自己再也见不到妈妈、奥斯卡，还有小猫……还有所有我爱着的人，在接下来的生活里，他们都不再拥有我。我很恐惧，也很害怕中毒的过程，那到底会有多痛苦？

如果能想到其他阻止布拉维塔的办法，我就不会坐在这儿研究毒药了。

之前如果不是奥斯卡，如果他没有阻止我，布拉维塔早就得到我的身体了。随后，无须任何抗争，屏障为她

122

打开，她可以一路吃掉所有受到保护的动物。这一切对她而言都会非常容易，因为动物们无法逃跑。

噢不，情况可能会更糟糕吧。假如我向她屈服，她同时将拥有彩虹屏障这座完美的堡垒，没有人能触碰她。如果真是这样，荒野世界所有的巫师都会试图阻止她，而她就会坐在这里嘲笑他们。

还好，我想到了这一层。

不能再这样下去了。

她最好来找我。

如果我可以的话。

"愚蠢！"

我心里一怔，因为这不是我的想法。是布拉维塔再次钻进了我的大脑在监视我吗？

"愚蠢，死是个笨办法。"

听起来不像布拉维塔，而像是……

"小猫？"

"你是我的，快来！"

"现在不行，小猫，我很忙。"

"是忙着干傻事吧？如果可以战斗，为什么要选择死亡呢？"

它的声音让我想起了小狸，也让我想起小狸曾经说过的话："永远不要在战斗打响之前逃跑，输掉战斗只意味着敌人比你强势。但没有经过尝试就逃跑，就证明对手比你强大。那样你就真的输了，永远永远。"

"好，我去战斗！"

我似乎被小猫的愤怒感染了。按照小猫的理解，通过自己服毒而毒杀敌人不算战斗。

我慢慢意识到它是对的。当我思考到底是野山茄还是曼陀罗更好时，说明我在战斗之前就已经泄气了。我觉得自己打不赢布拉维塔，我确信自己会输，服毒只是落败者的拼死一搏。

但是，有什么方法可以进行反抗吗？又有什么方法可以打赢战争吗？——而且让我最终活着？

"快来！"小猫大声喊，在向我发出邀请。我终于懂了。

"奥斯卡？"

他依旧坐在小溪边观察阿里西亚的动态，不时地站起来焦虑地来回踱步。依然没有布拉维塔的任何踪迹，但我知道她就在那儿，我能感受到她的饥饿。

"你怎么样了？"他问。

"好些了，"我简短回答，"我暂且想出了一个计划，但你务必要帮我。"

"好的。"他既没有问计划到底是什么，也没问其中的原委。这也是我非常欣赏奥斯卡的一点——在需要他的时候，他一直都会无条件支持。

我向他大体说明了自己的想法。

"我不太擅长，"我说，"我从未有意这样做过，也没有持续这么久过，我不知道会发生什么。"我的两只手在胸前和肚子上指指点点，"就是……身体，我猜我只会安静躺着，但为了保险起见，要……"

"好……"他吞吞吐吐地说，"我只是无法完全理解。"

"我不能冒险，"我说，"她已经让秃鹫咬掉了我的一块肉，我不能再让她进来侵占我的躯体。"

"不能，我知道，但你还会回来的，对吧？那我应该怎么才能知道是你还是她呢？"

"我希望你能感受出差别来！"

"但她很狡猾。也许她足够了解你，所以能伪装成你。"他说，"我们需要一个暗号，她不知道的暗号！"

奥斯卡很喜欢把现实演绎成他喜欢的电影或者游戏。现在，他上演的是一个间谍故事。

不过，也许这是个好主意。

"我觉得……"他说，"勇士！"

"它怎么了？"

"不，不是指那只榛睡鼠。'勇士'是我们的暗号，因为这个词代表了勇敢、勇猛。"他害羞地笑了，就像他要送给我一个礼物，但不确定我是否会收下。我内心的恐惧和冰冷似乎消散了，只感觉双颊一阵燥热。

"好的，"我说，"就这样说定了。"

幸运的是，妈妈开始在小桥边把守。否则比起关注莉娅的一举一动，她会更关注我在"加强"药水里放了什么。莉娅现在应该满脑子都是她妈妈。我想，水蛭女巫应该还在森林里寻寻觅觅着吧。她能通过某种特殊的方式感受到莉娅的存在吗？她有荒野感知，她已经当了好多年女巫了，尽管防护屏障会削弱她的感知力，但可能还有微弱的信号可以穿透。

"你还记得如果没有鲜血维持生命，水蛭能活多久吗？"我问奥斯卡。

"不记得了，"他说，"但可以查一查。"

当我爸爸被水蛭咬了之后，奥斯卡翻遍了爱莎姨妈家所有关于水蛭的书。不需要什么也不是的帮助，他就知道那些内容在哪儿。

爸爸还在医院吗？我觉得有一丝愧疚，因为我快要忘记他的存在了。发生了太多事情，而且我似乎也习惯了他不在身边的日子。我知道他在某个地方。虽然他现在搬到了离我和妈妈更近的可以养狗的新公寓，但我依然在周末和假期才能和他见面。妈妈是荒野世界的成员，可爸爸发现魔法真实存在，居然是在第一次见到什么也不是的时候。

那是我十三岁生日那天，虽然刚过去不久，但感觉像是过去了好几年。

接下来的大部分时间里，我都在对药草进行测试和称重。先是一勺干缬草，这种药草并不令我感到害怕，因为之前用过。然后是两勺干薰衣草……好的。柠檬香蜂草也不太危险，即便爱莎姨妈制作的口服液是浓缩的，喝了也无大碍。这个药瓶子上写着"安神抗压"，后面还画了一个笑脸，其实这是一个玩笑——爱莎姨妈曾告诉我上面的字不是她写的，而是一位年长的药草师写的。他叫艾维塞纳。"我觉得他也有点儿像巫师。"她说。

但黄芩粉，我要小心一点儿。还有毛蕊花种子，再加上一茶勺虞美人汁。干燥的山楂花是无毒的。这些配料都有自己的功效。

将所有的材料在一起泡制，就制作出了爱莎姨妈所谓的"游离液"。如果我的做法无误，那么泡出的液体会让我全身心放松，并会让我的脉搏平缓地跳动，就像死去一样平和。这样我就能更容易地踏上魔法旅途，我的身体也会安静地等待我的灵魂回归。总之，我会像勇士和其他冬眠动物一样开始沉睡。

另一种药剂如果出错则会更加危险——我的身体可能会死去，那么我的灵魂将无法找到归宿。这不是爱莎姨妈研究出的配方，而是波莫雷恩斯夫人在我生日时送给我的草药书里写的。如果时间太久，那么心跳很可能由于节奏太过缓慢而最终停止。这时就需要奥斯卡在我的舌头底下放一颗多姆药丸进行急救。我目前还没有把这件事告诉他。他只需要一直陪伴在我身边，把我的身体牢牢绑在床上，这样"我"就不会受布拉维塔的驱使而走到小桥边，就像上次醒来吃面包那样。

"奥德修斯也这样做过，"他说，"那位创造了特洛伊木马的英雄。他事先得知塞壬的歌声优美动人，能使过往的水手倾听失神、航船触礁沉没。他也想欣赏她美妙的歌喉，却不想被淹死，于是让水手把自己绑在了桅杆上。"

"其他人呢？"我情不自禁地问，"他们掉进水里了吗？"

"他们事先用蜡封住了耳朵。"

我以前说过，奥斯卡总能知道一些十分稀奇的事情。

多姆是一个拉丁语词，寓意是"回家"。波莫雷恩斯夫人在书里也工工整整地记录了这些内容。这颗小药丸会让我的心跳加速，恢复活力，这样我游离的灵魂就会"回家"。

做完这些，大概用了一个小时的时间。进行测试和称重时我一直戴着手套，防止这些草药从我的皮肤渗进体内，过早地发挥药性。我用围巾遮住嘴巴和鼻子，防止吸入粉末——如果让妈妈看到，她一定会误解，不过还好只有莉娅在屋子里，她的头朝着厨房墙壁，似乎睡着了。

我不想解释太多关于多姆药丸的事，因为波莫雷恩斯夫人在书中用下划线强调这是秘密配方。主要是因为，里面还得加入野山茄以及毛地黄，只需要微小的分量。客厅的桌子上放着一台古老的手动药丸压制机，用它可以把所有配料揉在一起——可能还需要用少许土豆淀粉或者水让它们充分混合——之后将混合物放在小模具里。接着再把它们放入压制盘中，用力按压制杆，就像给帐篷打固定桩一样。

第一次用力按压制杆时，发出了巨大的响声，沙发底下钻出了一只气鼓鼓的獾，四只大山雀和一只鸫鹟在我耳边飞来飞去，拼命地鸣叫。显然，我不应该用这种方式打破原有的安宁。

但我还是又按压了一次——以防万一，我做了两枚药丸。

爱莎姨妈教我如何进行荒野游离、如何附身到荒野伙伴身上时，只让我服下了缬草来镇静安神。但当时不太成功。而卡赫拉的荒野游离能力比我强几百倍。我完全不能掌控自己——在时空中飘忽不定，一次还误伤了学校的一个男同学。

我希望能做得更好一些。而且这次不一样，我要附到我自己的荒野伙伴身上，它会站在那儿大声喊并挥手示意："这条路！"

我端起游离液一饮而尽。其实味道并不太坏，只是有些苦。由于加了香蜂草，它还带着柠檬的酸味儿，安神镇静，会成功吧……尽管它闻起来有些许驱蚊剂的味道。

我躺在床上。

"开始吧。"我对奥斯卡说。

"你确定吗？"

"是的，我们不能冒险。"

"好的。"

他在仓库里找到了一些旧马镫绳，还好足够长，完全可以绕我和床一圈。他最后把绳子的两头固定在床的边缘我够不到的地方。

第十五章 游离液

129

“这样？”他问。

我点了点头。我不确定是不是心理作用，但已经能感觉到嘴唇发麻。

“再见，”我说，“一会儿见。”

然后，我就闭上眼睛，全身心放松，吸气，呼气……麻醉剂发挥作用了。我感觉身下的床在缓缓摇动，似乎我跌进了我的身体——而不是脱离了身体——并越陷越深。

“你在做什么，小姑娘？”

是布拉维塔的声音，语气里透着惊讶和愤怒。看来，现在海妖塞壬的美妙歌声还没有唱响。

“离开你。”我自言自语，“你可以尽情发号施令，但我不会再听你的话了。”

伴随着一声叹息和震颤，我开始向下、向我的身体内不停旋转。在一片温热柔和的黑暗中，我能听到的唯一声音是欣喜又勇敢的猫叫声——

“我的！”

WILD WITCH

Chapter 16

第十六章

字里行间

我不饿，也不冷，只是有一点儿累，所以打了一个哈欠——一个长长的美妙的哈欠，让我从头到脚都舒了一口气。然后，我蜷缩起来，把鼻子放在尾巴下面，那里温暖又美好，有股闻起来很舒服的味道——我已经和小猫合为一体。壁炉里的火苗在跳跃，篮子里的垫子是那么柔软。我的肚子圆鼓鼓的，里面装满了鱼和烤土豆——主要还是鱼——我刚刚出去上了个厕所。这个时候还能有什么更高的要求呢？很快，睡意来袭，尽管我知道还有什么事应该做，是……什么？什么意思？应该……需要……一定……这些词都没有意义了。我累了，所以要睡觉，就这么简单。我的一只耳朵动了动，接着我舔了舔嘴巴。然后，就……

过了许久，壁炉里的火快要熄灭了，只剩下几点微弱的火苗，就像暗夜里的红色眼睛，在盯着我看。不要看我！我想着要不要冲它哈哈气，但我还是太困了。

"我研究了格来米亚。"坐在火炉旁的两个人中的一个说。

"我也读了，维拉。"崖柏说，"整日整夜，直到阿库斯困得实在睁不开眼，我才让他离开。"她看起来如此正常，以至于让人很容易忘记她的眼睛看不见，也没法儿自己看书。阿库斯给她读书了，但他现在去哪儿了？我看不见他的身影也听不见他的声音。我努力吸气，能闻到他的味道，淡淡的，所以他应该刚走不久。他可能在我睡觉的时候来过？

"所以你也知道，我们只有一种摆脱布拉维塔的办法。"维拉说。

崖柏点了点头。

"如果重生者已经复活很长时间，就无法在尘埃之谷找到他。"她说。能听得出这句话并非出自她，而是格来米亚在《魔法理论》一书里写的。"这时就需要一个引路人和追随者，一个愿意跨越最后一座桥的人。这个追随者必须足够勇敢，不得中途放弃，也要足够坚强，不放走重生者的灵魂。"

崖柏长叹了一口气。"也许我应该做这件事，"她说，"我是我们当中年纪最大的。"

维拉不住地摇头。

"你是最睿智的。我们不能失去你，现在乌鸦之母危在旦夕。而且……"

"而且什么？"

"而且你虽然足够勇敢，但你的力量是否足够与布拉维塔抗衡呢？谁知道她的力量有多大，除非……"

"是的，"崖柏平静地说，"我们已经失去了一位乌鸦之母，布拉维塔已经杀死了我们的一个同伴。"

他们指的一定是那个年轻的乌鸦之母吧，那个在乌鸦风暴中试图解救乌鸦的女巫。

"去睡觉吧，"维拉说，"你应该也累了。我们都筋疲

第十六章　字里行间

力尽，这个时候，我们也想不出什么好点子了。"

崖柏冲他笑了笑。

"晚安，维拉。"

维拉离开了。崖柏又坐了一会儿，一只手放在他们讨论的那本书上，似乎她摸一摸书，就可以读取里面的文字。

"又老又笨又累。"她自言自语，"睡觉吧，崖柏。"

但过了许久，她才走向卧室。

客厅陷入了寂静，火苗也彻底熄灭了。我伸了伸懒腰，又躺下来想要睡去。但我实在无法平静下来，一直在回想刚才崖柏和维拉的对话。

我从来没有认真地去思考过死亡真正意味着什么。甚至在我坐在自己的房间里，考虑要不要通过让自己中毒的方式来毒死布拉维塔时，也没有去关注过死亡。我想那可能只是无法醒来的睡眠—— 一个梦中的森林，就像我看到的吉米和她妹妹进入的森林一样。如果那不只是一个梦……我在电影和书中都看到过人濒死的场景：人们在天花板上，低头看着自己。这有点儿像荒野游离，只是灵魂不会附到其他生灵身上。也许那种体验更冰冷也更真实。屏幕中的心电图显示为一条直线，心脏停止了跳动。接着，什么都没了，什么也不是。

我听到他们在对话中好像提到了一个地方——尘埃之谷。这会不会只是格来米亚描绘的一种意象，因为她不知道如何准确描述活着的灵魂的藏身之地？

如果能问问她就好了。我突然想起来，阿库斯在朗读书里的内容时会闭上眼睛，说那样会读得更快，理解得更到位。崖柏也说过，这些书拥有生命和灵魂，甚至能自己讲述其中的故事……如果荒野感知足够强大，就能够听到。

格来米亚已经逝去很多年了，但她的语言让这本书拥有了生命。也许可以直接问她？我准备模仿阿库斯之前的做法，于是跳到桌子上躺了下来——用小猫瘦弱的身躯躺在翻开的书本上，这样就可以近距离接触到书了。接着，我开始使用荒野感知，向下，向内，一直到书里。

"怎么？你想做什么？"

我跳起来至少一米高——没想到真的有用！而且这么快！

"你不是第一个打扰我的人。在你之前，也有一些人提出过自己的困惑和问题。我把能想到的都写在书里了，这已经足够了。"

我弓起背，发出咝咝的声音，这应该是小猫的反应。我透过小猫的瞳孔，看到一束光，它投下的光斑在书本上方移动，接着与书融为一体。再仔细看，光线组成了一个瘦弱的躯体——一个三四十岁的妇人，三四十厘米高，全身透明。她拥有一头金色长发，有些驼背，身体向前倾。她的手指短而弯曲，一只手紧握钢笔，鼻梁上架着一副没有框的眼镜，眼镜上有链条，以便她在摘下眼镜时将其挂在脖子上。她穿的衣服和乌鸦之母很相像，但又不完全一样，更古老。

"格来米亚?"我难以置信地问。

"不然呢?你叫的正是我的名字。"

真的……是她,我心想。我其实并没有期望会得到回应。

"你住在书里吗?"我问。

"我用一生的时间撰写了这本书,"她回答,"把所有我知道的,所有我见过的,都写在里面了。尽管我死了,但这些文字都还在。"

她摇摇晃晃地向我走近几米,透过眼镜盯着我看。

"你呢,小姑娘?你还有活着的身体吗?我的意思是,除了你的小猫朋友之外。"

我感到一种不可抗拒的想要舔前爪的冲动。这是小猫的抗议方式,因为它觉得我们在谈论它。

"我的身体还活着。"我说。希望我说的是事实——并不是我自己想要睡去的,我能离开的时间有限,所以不能把宝贵的时间花在睡觉上。

"真好,"格来米亚的"魂魄"说,"在身体死去之后,我真的万分想念它。"她的声音里充满了渴望,但不是贪婪,和布拉维塔饥肠辘辘地渴望生命完全不一样。"那么,你想知道什么?"

"如何杀死重生者。"我说。

"我在书里写了,"她不耐烦地说,"都在书里。"

"是,但是……"我举起一只爪子,"有些难以理解。"

她轻轻叹了口气。

"如果不是迫不得已，我不会问你的。"我说。

"好吧，那你仔细听，因为我可不想今晚再被打扰了，我正要开始修改里面的注释。"

"可以吗？"我惊讶地问。

"当然。那些已经印在上面的不会改变，但有的读者读到的意思要比印刷在上面的文字更深入，比如那个有礼貌的小男孩儿。他可以从字里行间领悟到书里没有写的话，被他读着实是一种享受。"

她更像是一本书，而不是一个人，我心想。或者说，她更像一本书的魂魄，而不是一个人的魂魄，虽然她依然记得拥有身体、活着是什么感觉。

"重生者，"我重复，"应该怎么办呢？"

"和他划清界限。"她说。

"她是女的。"我强调说。

"是男是女都不重要，不要打断我。要和她划清界限，听起来也许很简单，实则不然。荒野世界的每一个巫师都要反抗她，任何人都不能屈服，无论在言语上还是力量上。第一座桥一般最消耗能量，因为重生者几乎可以说还活着，他或者她——不要打断我——可以从其他生灵身上攫取能量。这一阶段她的饥饿感也最强烈。"

尽管她很烦说话时被打断，但我还是要问："第一座桥？"

"在通往尘埃之谷的路上。"她说，"告诉我，你压根儿没读书里写的吗？"

这种感觉就像要考数学却完全没有复习一样。但我有一个比平时更合理的借口。

"我现在是一只猫，"我说，"所以比较难……"

"好吧，继续听。在经过第一座桥之后就是尘埃之谷了，这也是我们在梦境中可以到达的地方。但在通过第二座桥之后……"她摘下眼镜，用袖子擦了擦镜片。她刚才不耐烦的神情已经消失了，她看起来更加和蔼了，"第二座桥也是最后一座桥，这里就是实力和勇气的较量了。巫师可以将重生者带到桥的中间，但不能走回头路。必须要有一位巫师带她走完最后一段路，直到死亡之国。否则，她不会死。"

我受到了惊吓，整个身体都在颤抖。因为她说，要让布拉维塔从世界上消失，就必须有一位巫师死去。

"好了，现在满意了吗？我可以回去继续工作了吗？"

她摇摇晃晃地向书里走去，渐渐失去了人形，光斑不断旋转着，周围的光晕慢慢散去。

"等等！"

"怎么了？"她的声音太微弱，我几乎听不见她说的话。

"是什么样的？"我问，"我是说……死去。"

"我更像书的魂魄，而不是格来米亚的，我只知道她生前的感受和思想。如果你想要知道更多的话，就去问一个真正的魂魄吧。"

接着，她消失了。书页开始翻动，然后书本重重地合上了。

WILD WITCH

Chapter 17
第十七章
暗号"勇士"

我找到了卡赫拉、阿库斯，还有什么也不是，他们正在乌鸦壶的一间客房里呼呼大睡。做一只小猫很好，可以随意走动。不过麻烦的是，我没法儿开门。

"卡赫拉！"我大声喊，或者更准确地说，我试着喊她的名字，但说出口以后只是一声"喵"。

哪怕小猫叫到最大声也叫不醒客房里面的人。我站在屋门外，能清晰地听到什么也不是的梦话。

"加布里拉，乔治娜……不，乔治娜不行。哈丽特，亨丽埃塔，霍特西亚……霍特西亚？"

"什么也不是！"我试着喊它，但发出的依然是喵喵叫。什么也不是吸了吸鼻子，又继续睡去。

不是吧，这个房间没有窗户吗？

有是有，但只开了一个小缝。还好，小猫很瘦。我优雅地跳上了窗框，试着把头挤进缝隙里，但是不行。

窗户用插在小孔里的木棍支撑而微微打开着——不是我经常见到的那种金属窗框，完全是木制的。一根小棒穿过其中一个洞，就像皮带上的针一样，确保窗户不会完全敞开，也不会突然关上。我要从里面挤过去，或者说我们要挤过去，因为现在我和小猫是一体的。我伸出一只前爪，碰了碰小木棍。直到第四次，终于成功了——棍子松了，我把头伸进去，使劲往里面钻。

这时，窗户快速掉了下来，比我想象的还要重。尽管我的动作很快，我还是没来得及进去。

"呀嗷！"我痛苦地叫喊着，尾巴从缝隙间挤过时叫喊声更大。不是吧，简直太疼了，比手指被门缝夹住都要疼。在终于挤进窗户以后，我全身就像触了电一般。接着，我失去了平衡，从窗台上摔了下去。在空中，我本来试图改变一下方向，却碰倒了金属洗脸盆和水壶。我、水壶、水还有脸盆几乎同时落地，发出咣当的巨响。水向四下里飞溅，我和小猫满腹愤怒。

什么也不是惊醒了，飞起来大叫："啊！"卡赫拉也发出了惊恐的喊声，寒毛倒竖。阿库斯第一个认出了我们。

"是小猫。"他说。

卡赫拉擦亮火柴，点燃一盏煤油灯。

"你在这儿做什么？"她说，"猫是夜行动物，出去抓耗子吧。"

我有点儿生气。卡赫拉确实一直都不太喜欢小猫，而且她应该不知道刚刚那样说话对我也很无礼吧。我发现自己正弓着背，全身的毛都竖了起来——看来小猫也不太喜欢卡赫拉。小蛇萨迦正盘在卡赫拉的脖子上，就像一条有生命的项链。

"冷静！"我对小猫说，它竖起的毛渐渐缓和下来，"我们一定要团结一致。"

"霍特西亚，"什么也不是说，"卡赫拉，你觉得我叫

霍特西亚怎么样？"

"我真的不知道。"卡赫拉说着，既不耐烦又心不在焉。我猜她能感受到小猫和往常不太一样。"依我看，你叫自己托里帕特、沃特美克、克鲁斯鸠都可以，你自己决定！"

这样说有点儿不太公平，因为起名字正是什么也不是所不擅长的。

我冲向卡赫拉，抓着她的腿向上爬，还试图边爬边旋转，但小猫做不到。

"你的兴致真高！"卡赫拉没明白我的意思，"你怎么啦？"

"是我，克拉拉！"

我用尽全力大声"说"。

"好，好，你不用喊……"她突然停下来，"克拉拉！是你吗？"她飞快地弯下腰抱起小猫。萨迦发出了咝咝声，我也开始不由自主地嘶喊。卡赫拉将小猫高高举起，小猫的两只后腿悬在空中。她注视着小猫的眼睛。"你们在做什么？"她问，"你是在哪儿？我是说，来这里之前。"

"在爱莎姨妈家。"

我开始解释防护屏障、成千上万的动物、布拉维塔围困了我们，以及突然间我到了另一个地方。

"克拉拉！你能听到吗？"

奥斯卡正冲着我大喊。是冲着我，不是小猫。

"你一定要回来啊，"他焦急地说，"克拉拉，快醒醒！我要用药丸吗？"

最不舒服的是，我只能以旁观者的姿态看着这一切，看到我自己躺在床上，毫无生命迹象。

难道因为我快死了吗？我已经离开很久了吗？我试图回归我的身体，但身体似乎在抗拒。

"你爸爸快来了，"奥斯卡说，"他正在半路上。他刚刚打电话过来，但是信号实在是太差了，这个防护屏障太严实。我完全无法给他提示让他不要来。布拉维塔还在外面，他就快撞上她了。克拉拉，醒醒！"

但我醒不过来。仿佛有一根松紧带猛地一拽，瞬间把我拉回小猫和卡赫拉身边。

"克拉拉？"卡赫拉还站在那里，把小猫举在空中，"发生了什么？你还好吗？"

不，我一点儿都不好，没有什么称得上好的事情。我们一定要阻止布拉维塔，就现在！

他们三个——卡赫拉、阿库斯和什么也不是都目不转睛地盯着我。

这时，弱小的什么也不是用充满担忧和恐惧的声音说："告诉我们应该怎么做。"

没有时间解释第一座桥、第二座桥还有尘埃之谷那些事情了，只要他们相信我就好。

"需要损失一个巫师。"我说，"我们要团结起来，立即一起前往爱莎姨妈家。如果我们和布拉维塔划清界限，不屈服，我们就能战胜她。"

接着，我又被猛拉了一下，这一次是相反方向。我

144

开始向内向下旋转，突然感受到心脏剧烈的跳动，是我的心脏，克拉拉的心脏。我感到了舌头上残留的酸味儿，那是多姆药丸的味道。接着，我睁开眼睛，奥斯卡正一脸关切地望着我。

"是你吗？"他问，"克拉拉，是你，对吧？"

暗号，他之前说的什么来着？什么……哦，对了。

"勇敢，"我小声说，"勇士……"

我听到他如释重负地出了一口气。

"你还记得。"

"是的，松开我吧。"

他解开绳索，我坐了起来。我的头晕乎乎的，口干得要冒烟了，心脏狂跳，皮肤火热。看来多姆药丸的药效太强了，不太适合小孩儿。

"我爸爸呢？"

"我不知道。你妈妈说她能看到树林间的光，应该是车灯。在他打电话的时候，我能听到汽车开动的声音，但他听不到我说的话。"

我跳下床，狂奔下楼，奥斯卡紧跟着我。我双腿跑起来不太稳，但现在完全顾不得这些了。莉娅躺在客厅的沙发上，怀里抱着竖琴，就像抱着布娃娃一样，她睡着了。我从她身边快速跑过，尽量不吵醒她。屋外夜色正浓，星光璀璨，但几片云遮住了月光。我不再是能在黑夜里自由穿梭的夜行动物了，也顾不得脚下到底是什么，一口气冲到院子里。

车灯——布拉维塔也会看到，会知道路上有人。

我突然想到，我们来的时候把小面包车留在了道路中央，爸爸如果开车的话是过不来的。他会停在那儿等吗？还是会下车走剩下这段路呢？

应该是第二种可能吧，除非他依然很虚弱，但那样的话，医院不会让他出院吧？

水蛭女巫阿里西亚认识他。她曾经取了他的血，用来释放布拉维塔。她说什么来着？"血自北来，祖先之血，彼已忘却，然为之谁……"到底是什么意思呢？彼已忘却？说"祖先"，我猜因为他和我是一家人。但忘却的到底是什么？他会因为血液很快被水蛭女巫或者布拉维塔发现吗？

我开始奔跑，我们一定要制止阿里西亚。其他人应该还在路上。

"快走！"我冲奥斯卡喊。

图图悄无声息地挥着翅膀飞过我们身边。我能感受到其他夜行动物——獾、老鼠、狐狸，还有一些通常会在晚上睡觉的动物，都躁动无比，周围的空气充满了蜜蜂的嗡嗡声以及小鸟扇动翅膀的声音。它们惊慌失措，但我没时间安抚它们。

"让我出去！"我冲着防护屏障大声喊，仿佛我面前是一个不愿抬起挡杆的脾气暴躁的门卫。我跑过小桥，除了迎面扑来的一股热气之外，我没有感觉到任何阻力。

我看不见阿里西亚，也看不见布拉维塔。这并不奇怪，因为其实我几乎什么也看不见，而且不知道布拉维塔现在是不是还在使用水蛭身体。我不知道她现在是什么样子。不过无论如何，我要先找到我爸爸。

因为多姆药丸的药效，我的心脏依旧在剧烈狂跳，我感到异常清醒，感官也极为敏锐。但是跑步让我感到不适，心脏跳得更快了，我也愈发口干舌燥。顾不上这些，我依旧尽可能地快速向前跑，虽然什么都看不见，但能感觉到爸爸就在那儿。仿佛我有一个指南针，指针就指着他所在的方向。

奥斯卡在与我并肩奔跑。我猜他其实可以超过我，但他没有。是的，我们最好不分开，一起作战。

我能看到远处车灯发出的亮光。无论爸爸有没有下车，他都让车灯一直开着，我也听到了低沉的发动机的声音。

然后，我看到了他。他在光线中向前走着，显然他也看见了我。

“克拉拉，”他说，“过来。”

“爸爸，”我气喘吁吁地喊，“小心，重生者在这儿，是一个可怕的女巫。快回车里离开！快！”

“我不能没有你。”他说着继续向我走来，“快过来……”

一瞬间，我心中“指南针”的指针开始疯狂乱转。

奥斯卡突然抓住我的胳膊。

“等等，”他说，“这不是他！”

WILD WITCH

Chapter 18
第十八章
被遗忘的人

"过来。"这个不是我爸爸的"爸爸"说。我立刻明白发生了什么。

"放开他,"我祈求道,"布拉维塔,放开他。你可以得到我,用我换他。"我其实从未想过就此放弃战斗,希望她没有看出来我在演戏。

布拉维塔用我爸爸的嘴巴和眼睛笑了。太可怕了,那不是爸爸的微笑。

"这是我能想到的最好的复仇方式。"她用我爸爸的声音说,但也不完全是,"翠碧家族,翠碧继承人,人们完全忘记了他们从哪里来。"

"我才是翠碧的继承人,"我说,"不是他。来找我啊——如果你可以。"

她放声大笑。

"谢谢,我这样很好。你错了,是你和他。你以为是因为你妈妈那一点儿弱小的荒野技能,所以翠碧选择成为你的老师吗?她知道一定会很难过。只剩下一条还是两条猫的生命,那她到底要教什么?一个连荒野女巫是什么都不知道的小笨蛋,连被猫抓伤额头都差点儿尿裤子的胆小鬼。"

爱莎姨妈是我的荒野魔法老师。至于翠碧……我知道布拉维塔以前最大的敌人曾经在小狸体内生存，但翠碧称不上是我的老师。

但无论如何，爱莎姨妈让我做的很多练习我都不太擅长。是小狸让我学会继续战斗，不做逃兵。也是它教会我游泳——它把我扔进水里看我会不会游泳，在我快要淹死时又救了我。它还质疑我到底是不是荒野女巫。

"彼已忘却，然为之谁。"布拉维塔的意思是……我是因为爸爸才和翠碧属于同一个家族。我的爸爸，他并不知道翠碧是谁，因为所有人都忘记了她。

我的爸爸——这完全是荒谬的——我慈爱又平凡的爸爸……

"你撒谎！"我说。

她笑得更大声了，笑声里掺杂着我爸爸的声音和属于布拉维塔的恐怖的咆哮声。

"到最后依然盲目无知，"她说，"真好。"

她并没有试图说服我，正因如此，我感到自己开始有些相信她。

"可怜的翠碧，"她的声音里没有一丝同情，"家族里的所有巫师都把她遗忘了。终于，降生了一个流淌着新鲜的女巫血液的孩子，唯一能够破解残余诅咒的人就是你。"

这句话里充满了不屑和鄙夷，让我甚至都开始有些看不起自己。

奥斯卡站在我身边。

"你不知道她有多大的能力，"他说，"你不知道她有多坚强，在担负责任时有多勇敢！"

奥斯卡真好，他的话对此时的我来说至关重要。我深知不应该被布拉维塔的话所影响，应该努力战斗而不是变得越来越渺小。我看着那张同时是我爸爸和布拉维塔的脸，当他转过身来时，我体内有一股寒冷无望的恐惧袭来。我应该怎么对着我爸爸的身体战斗？我不能伤害他——布拉维塔选择了世界上最安全的屏障。她在我爸爸的身体里，这比我们在彩虹屏障内更安全。和她划清界限，追随她去死亡之国，这听起来是个好主意。但如果她带着我爸爸的身体该怎么办呢？

布拉维塔突然对奥斯卡做了些什么，既没有用胳膊也没有用手，但奥斯卡的身体猛地一颤，痛苦地叫出了声。

"停下！"我大声喊，"放开他！"

"如果不呢，会怎样？"她说，"你会做什么？打我吗？让我走开？那我就带着你爸爸，或者也带上他。"这次她又抬起手指了指，奥斯卡又发出一声惨痛的叫喊。

我不知道应该怎么做。她说得对，我不能让她走开，也不能对她做什么。我对她做的一切，都会伤害到我爸爸。

但有一个小东西没有这样的顾虑。它飞快地从地上蹿过去，爬上我爸爸的裤子，接着跳到了那只正指向奥斯卡的手上。

"什么？"布拉维塔还没有来得及往下说，勇士就用自己锋利的牙齿咬住"她的"指尖。

"噢！"她甩了甩手，但勇士咬得紧紧的。她不得不用尽全力甩手，这时勇士才松开嘴巴。它在空中被抛出一道弧线，活像一颗灰色的网球。

"勇士……"奥斯卡忍着疼痛，跑过去查看勇士有没有受伤。我想，如果小小的榛睡鼠可以，那我也应该可以。我闭上眼睛，开始酝酿荒野之歌。

"小狸，"我小声祈求，"如果你还在这儿，在世界的某个地方，以某种方式生存，那么务必要帮我。最后一次，我保证。"

我用心听，但没有任何回应。我能感受到小猫有一丝嫉妒，因为我没有叫它。除此之外，我什么也感受不到了。

但是突然间，我没有那么害怕了。

我紧张焦躁，但不觉得恐惧了。

"你可以的，"我告诉自己，"她不比你强，她的魔法可能也不比你厉害。"

当我用荒野感知看向布拉维塔时，她一点儿都不像我爸爸了。我能分辨出他们两个，能看到爸爸就在布拉维塔体内的某一个角落，他藏在布拉维塔的巨大能量里。

小猫离我越来越近，我们之间的感应越来越清晰。我的巫师朋友们在赶来的路上。我睁开眼睛看着这个像是我爸爸，实则不是的怪物，注视着她嘴角轻蔑的抽搐。她贪婪的双手似乎想要攫取所有力量和生命，这完全不是我爸爸。

"你还记得死亡之国吗？记得尘埃之谷吗？"我问，"来吧，布拉维塔，是时候回去了，而且我要你放开我爸爸！"

WILD WITCH

Chapter 19

第十九章

火圈

　　布拉维塔以为，不费吹灰之力就能战胜我。

　　她的眼睛里已经流露出胜利者的光，这完全不是我爸爸会有的眼神。

　　我再次用荒野感知观察她。

　　她抬起胳膊指着我——那不是我爸爸的胳膊，依然像用水蛭堆砌起来的，表面一直在蠕动，起伏不定，还透出糖果的颜色。

　　虽然从未看见过我爸爸流露出巫师的眼神是什么样，但我确信不会是眼前这样的。就目前来看，布拉维塔应该是已经侵占了阿里西亚。

　　我没看见也没感觉到这是什么时候发生的——我不知道那个从半傻到全疯的水蛭女巫有没有漫无目的地一边四处游荡，一边呼唤女儿的名字。我不知道是不是布拉维塔想要吸引我们，所以采用了这种办法。

　　但有一件事我是确定的：饥饿开始发作，没有其他可以吃的，她就转向了这个老巫婆，将她完整地吞进了肚子里。

　　"来，"我说，"我是你的引路人。"

　　"你？引路人？"我可以看出，也能感受到她的蔑视。"一个小女孩儿和她的猫能给我指什么路。"

"并不是，"卡赫拉用蛇一般冰冷的语气说，"她并不是一个人。"

我睁开眼，我需要看到他们。小猫从黑暗中飞过来，像一枚发射出的导弹，我不偏不倚地接住了它。它重重地落在我怀里，就像要附到我身上。奥斯卡已经找到了勇士，它正像王冠一样坐在奥斯卡的头上，凶狠地仇视着布拉维塔。阿库斯的一只肩膀上站着爱娅，另一只肩膀上站着什么也不是，他看起来比以前高了一头。

在布拉维塔意识到发生了什么之前，我们已经包围了她。她看奥斯卡的眼神里充满惊讶——这个平凡的孩子居然能发现她不是我爸爸。布拉维塔不知道，奥斯卡很了解我爸爸，听到了她那些轻蔑的言辞，他就能明白，即使眼前这个人看起来像我爸爸，但肯定不是。

布拉维塔一个接一个地打量着我们，紧接着放声大笑。

"噢，这一群人，小蛇妖、小孩儿、老鼠的朋友、没人要的怪胎——还有一个才十三岁不知道自己是谁的小丫头，这场战争也太……"

不久之前，她的一字一句都会影响我的情绪，我觉得自己就像一张被扔向火炉的纸一样无助。我更相信她所说的，却不太相信自己。现在，完全相反了。这种感觉就像刚刚肩膀脱臼了，而现在骨头回到了应该在的位置。是的，这就是我的荒野世界。我们大家在一起，比我们每个单独的人更强大。我不在乎布拉维塔的话，也不在乎其他人会觉得我们是一个奇奇怪怪的团队。卡赫拉为避免成为自己妈妈那样的人奋斗着。阿库斯还只是个孩子。奥斯卡完全不是巫师，他能成为荒野世界的一分子，是因为我们曾经把血液溶到一起。什么也不是是一位女巫创造的，但它并不是一个完整的人。一年前我也不知道自己是女巫——我甚至不知道世界上有巫师的存在。

这些都不重要。我们一起穿越了迷宫，我们在一起就有足够的勇气和力量——布拉维塔等着投降吧。

卡赫拉张开双臂开始唱荒野之歌。我能看到有什么东西在她的指尖穿梭，就像两极间的电火花。阿库斯也模仿着卡赫拉开始唱，他的声音纯净悠扬，很适合加入合唱团。什么也不是拍打着翅膀从阿库斯的肩膀上飞下来，用尾巴支撑住身体，这样它也可以伸出两只手加入吟唱的阵营。它的身体和声音一直在颤抖，脸上闪现着决心和勇气。奥斯卡看起来有些不知所措，除了上次帮助我说唱之外，他从未尝试过类似的事情。这时他也站起来，就像魔法角色扮演一样举起两只胳膊，一只手放在另一只手前，稍做犹豫后也唱了起来。他的手指间并没有闪现火花，但还是有一些反应。他感受到了什么，脸上充满惊喜。勇士也微微站起来，在胸前举起两只前爪，好像在鼓掌。

现在，只剩我了。

"如果连奥斯卡都可以……"我心想。

我以前唱歌时，声音就像一只嗓子发炎的青蛙。但现在，并不是要唱出悠扬动听的乐曲，而是要表达一种力量、勇气和憧憬，勇者无畏。布拉维塔不能动他们一根手指，无论是我的荒野世界，还是我的爸爸妈妈、我的巫师朋友，以及那些动物。只要我还能阻止她，她就不会得逞。

"勇者无畏。"我心里又默念了一次。

接着，我开始唱荒野之歌。

高亢，有穿透力，充满魔力。

好像没什么不对。

吱特特特赫赫咝咝特吱咿特特……

一股电流贯穿了我的全身，我的生命和其他人的联系在了一起，我们的力量聚合起来，我们之间出现了生命的光圈，凝聚了所有的电流和力量。火花向四面八方涌去，我们仿佛站在一圈喷灯的火焰中间，我们能从彼此的眼睛里看到火花倒映出的亮光。

布拉维塔发出一声长啸，突然身体长高了一半。她的身上还显现着我爸爸的影子，但阿里西亚的形象更加清晰了，而且可以分辨出她体内的水蛭和其他动物——公牛的影子一闪而过，后来变成吉米，其他被她吃掉的人和动物的影子也都一一闪现。我的脸也一闪而过——她化身为水蛭怪兽和秃鹫，先吸了我的血，又吃了我一块肉。

她走向什么也不是，从她认为的防守最弱的地方开始下手。

"抓——紧！"我大喊，更准确地说，是唱出来的，我们不能让吟唱停下来。

在布拉维塔攻击什么也不是的时候，我们所有人都猛地一震。很痛——剧烈的疼痛，但此时此刻疼痛并不重要。"怪胎，无用无名的怪胎，原本就不应该出生，应该尽快去死。"鄙夷和仇恨冲击着我们，什么也不是唱出的声音越来越低，最终变成了呜咽。它的两只手颤抖着，好像手里抓着的是电线，它像触电了一般。"放手吧，你戳在这里还有什么意义？这里没有人真正喜欢你。那个自称你朋友的人，在她爸爸要来拜访时，把你和其他动物一起支开。他们坐在一起分享生日蛋糕，却把你扔到黑暗中，只因为害怕你吓到别人。你还记得吗？"

"不……"什么也不是喊道，几乎要崩溃了。这些话语同时给我带来了双倍的痛苦。我可以感受到什么也不是的悲伤，也知道布拉维塔找到了什么也不是最黑暗的记忆——既不是它住在奇美拉笼子里的时光，也不是它在洞里差点儿死去那次，也不是我们一起经历的所有磨难和危险——这些都不是，最黑暗的记忆是我让它失望的时刻。那时，它甚至不再相信我是它的朋友。现在我试图通过荒野感知找到它，试图告诉它我爱它，它是我的朋友，我很为它骄傲。但布拉维塔卑鄙的话语似乎在我们之间构筑了一堵冰冷的高墙。

"还有这个从家里溜出来的小孩儿，背叛了自己的母亲和兄弟姐妹。你很幸运，有一个眼瞎了的老巫婆需要你给她读书，要不然你现在依然无家可归。你真的以为友好的克拉拉会觉得，你配成为最后一只乌鸦的荒野伙伴吗？如果她真的那样认为，就会直接让你回到乌鸦壶。你终于带着两只小乌鸦回去了，那只是因为他们觉得那两只小动物比你重要多了。"

"不！"我竭力否认，对阿库斯说，"我那样做是为了保护你！你和爱娅之间的感情无可超越！"

布拉维塔又转向卡赫拉，但卡赫拉比她抢先一步。

"你不需要说什么，"卡赫拉用唱荒野之歌的语气说道，"我自己知道。我太像我妈妈了，我自私、骄傲、贪婪，我太喜欢使用我的巫术，用错了太多次。"

布拉维塔犹豫了一下，接着略过了卡赫拉，看向奥斯卡。

"小蛇妖至少是一个真正的女巫。"她说，"你这个老鼠的朋友，压根儿就不属于这里。你的体内没有一滴巫师的血液，你只会跟在这个小丫头后面说废话。你以为这一切都像故事里写的那样，你可以做一个大英雄？你觉得除了帮她背包，你还能做其他事吗？"

我为奥斯卡感到愤慨，也为卡赫拉不平，可卡赫拉一点儿也不生气，她比我强大。

"你从来不会因为她拒绝你，并且告诉全世界你对于她来说没有任何意义而感到厌倦吗？'奥斯卡只是我的朋友，我们不是男女朋友'，这句话耳熟吧？你之前听过几百遍了吧？"

我看到奥斯卡的一只手抖动了一下，然后就松开了，似乎没有了力气。虽然他脸上原本就折射出火焰的红光，但还是能看得出来，他被激得面红耳赤。原来这件事如此

第十九章 火圈

161

伤害他，我很难过。

他看向我。

他的眼神里透着伤痛和羞愧，像闪电一样击中了我，我完全听不下去布拉维塔嘲讽的话语了。奥斯卡本来想掩饰自己的情绪，但是所有人都看出来了。

我要是能死在这里该多好，或者从这里消失。因为布拉维塔说的是事实，每当有人说风凉话，我会一次又一次地重复说："我们不是男女朋友！"我不想让别人笑话奥斯卡，我也不希望自己被别人取笑，但显然这对男生而言更尴尬。我一直很在意别人对我的看法，却忽略了这个从两岁起就和我分享玩具的朋友的感受。我这才意识到，上一次听他说我们"只是"朋友，已经是很久以前的事了。

"但你自己也应该清楚，"布拉维塔冷笑着说，"她为什么要和一个并不属于荒野世界的人在一起？你不是巫师，你所谓的荒野伙伴也只是一只愚蠢的啮齿动物，我用小拇指就能杀死它。"

奥斯卡抬起头看着她。他的脸依旧通红，肩膀在不住地颤抖，但眼睛里写满了勇敢和不服。

"那你来啊！"他大声喊，试图使用荒野之歌的声调，"有本事来杀死它啊！不过你必须先杀死我！可惜你做不到，对吧？"他环视大家，"她不能动摇我们。"他说得如此平静，听起来就像在讨论天气或者电视节目。"只要我们齐心协力，只要我们的联结不被攻破，她就不能用这些言语带来伤害，她就不能用巫术让我们分离。这一切都是

162

假象。她想让我们开始质疑自己，开始互相怀疑，特别是让我们对克拉拉失去信心。一旦我们相信了她的话，她的计谋就得逞了。只要我们团结一致，凝聚力量，她就动不了我们！"

什么也不是扇动着翅膀，一副下定决心的样子。

阿库斯挺了挺脊背。

"克拉拉，"奥斯卡说，"我们要带她去哪儿来着？"

我依然能从他的眼神里看出伤痛，我希望能做些什么来免除他的痛苦。但我不知道应该说什么，应该怎么做。他是我的朋友奥斯卡，作为朋友，我爱他胜过地球上的一切。我甚至觉得，他和卡赫拉成为男女朋友也可以。但我从来没有想过，他会不会更想和我在一起。

我爱他吗？像"克拉拉爱奥斯卡"的那种爱？我自己也搞不清楚。

就在这时，我身后传来一声呼喊。

"妈妈？！"

是莉娅。我扭着身子看过去时，手指间的火花顿时消失了。

莉娅，她看着布拉维塔。这时的布拉维塔已经完全没有我爸爸的模样了，只有水蛭女巫阿里西亚的样子，她正目不转睛地看着莉娅。

"莉娅，"她的言语里透着"母爱"，"你回来了！"

莉娅完全忽略了其他人的存在。

"妈妈，我……很难过。我知道你以为我死了。妈妈，我没死，我只是去追寻我自己的人生。"

"我很理解。""阿里西亚"说着朝莉娅张开双臂。

"不。"说着我松开一只手试图制止莉娅，但太晚了。她已经踏进我们围成的"火圈"，似乎根本没有注意脚下有什么。奥斯卡和我中间的火花闪烁了几下，熄灭了。

布拉维塔正在等待这一时刻。

她唱起胜利的歌，一步冲到莉娅面前。

莉娅大声嘶喊，荒野之歌强大的力量让她飞出去几米高，就像被车撞出去一样。她被悬在空中，让我想起了被扔到高空的布娃娃。尖叫突然停止了，她以一种极其不堪的方式重重摔回地面。

包围圈被打破了，布拉维塔获得了自由。

也许奥斯卡说得对，她先前无法对抗我们，但现在她可以了。她伸出手击向奥斯卡和勇士，如果真被打中，他们就彻底完了。来不及多想，我纵身一跃，就像保镖保护电影明星一样，挡在了奥斯卡前面。几乎同时，布拉维塔强大的冲击力击中了我的胸口。

瞬间，我的心脏停止了跳动。

我失去了感知，但依然站着，连摔倒的力气都没有。布拉维塔饥饿又贪婪的野蛮力量刺穿了我，我的血管在燃烧，神经炸裂了，肌肉在痉挛，似乎我将永远处于痛苦之中。

一切都陷入了诡异的安静，时间都变慢了。我还能看到，但除了越来越小的噼里啪啦声，什么也听不到了。似乎有什么东西烧焦了，我闻到一种就像肉被烤得太久而散发出的味道，我很担心这是从我体内传出来的。

我看到奥斯卡张开嘴巴在喊什么，看到什么也不是拍打着翅膀，不顾一切地向布拉维塔做无谓的进攻，眼神里写满了决绝。

我不能让他们白白牺牲，不能让更多人为此失去生命。

我完全不需要去吸引布拉维塔的注意力，因为她正朝我走来。她一定是想用我破碎的身体做些什么，我心想，不只是作为食物吧。可是，我的生命几乎要宣告停止了。她可能是想要报仇，或者依然想要偷走我体内那微不足道的魔法能量？

如果真的是这样，我知道她会用我去做什么。

"过来，"我静静地吟唱着荒野之歌，"让布拉维塔和其他人都和我走。"

荒野迷雾快速弥漫，并笼罩住我们，如龙卷风一样将我们卷起。这只持续了几秒。当荒野之路的强风把我们放下时，我们已经到了离爱莎姨妈家很远很远的地方，甚至可能远离了人间。

疼痛消失了。

我的胸腔也安静了，因为心脏已经停止跳动。

但我依然能动。

我环顾四周，立马就意识到我们在哪儿。

我们已经越过了第一座桥，这里是尘埃之谷。

WILD WITCH

Chapter 20

第二十章

尘埃之谷

这里又干又冷。

没有任何植物能在这里生长。

没有阳光，没有雨露。

冰冷的星光照耀着我们，了无生机和希望。

每当我们有一个小小的动作，四下里就尘土飞扬，飞进我们的眼睛、鼻子、嘴巴里，或者粘在皮肤上。

"这里是人死后会来的地方吗？"什么也不是悄悄地问，接着小心翼翼地打了一个喷嚏。

"不是，"我说，"这里只是尘埃之谷。活着的人也可以到这里来，只是不能待太久。"

"但莉娅怎么了？"

我朝着它指的方向望去。离我们几步远的地方躺着一个人，一个毫无生机的人。

"莉娅！"

话语里充满了疑惑，这不是布拉维塔的声音，尽管是从她的嘴巴里说出的。此时，布拉维塔脸上露出痛苦、崩溃、愤怒的神情，瘫倒在尘土之中。一百多只死掉的水蛭散落在她周围，其余的也奄奄一息。她发出撕心裂肺的叫喊，如野兽一般，就像我在电视上看见过的那些失控的女人。她在地上痛苦地打滚儿，有什么东西掉了下来。我看到了一些显露出红色、黄色、白色的骨头、肉和血，尘土之中不再是一个人了，而是变成了两个。阿里西亚挣脱了布拉维塔，重获自由。她在尘埃中艰难爬行，终于来到莉娅身边，试图伸出手拥抱她。就在这时，随着一声巨响，她的全身开始颤抖。

阿里西亚还没有失去自己的身体，看上去和以前的她基本一样，只是更加疲惫，也没有之前那么丰腴。我们刚刚看到的不是灵魂从躯体里游离出来，而是恰好相反——身体从灵魂中得到了解放。

"莉娅，"她抽泣着，"小莉娅，快回到妈妈怀里。"

但莉娅依然没有任何生命迹象。

"死去有很多种方式。"我自言自语。这时奥斯卡投来疑惑的眼神，但我不想解释。我想到了爱莎姨妈，和其他僵硬地躺在那里一动不动的巫师。我也想到了我自己，我可以站着，可以走，可以说话，至少在尘埃之谷里可以。但我能感受到我的心脏是静止的，现在仍然没有继续跳动。而莉娅在我们来到这里之前就已经死去了，所以现在她只能一动不动地躺在她妈妈的怀里。

还有布拉维塔，她比之前矮小多了，也更瘦弱。她全身透明，像一条蛇。她几乎赤裸地躺在地上，身体盖在一堆骨头上。她的脸……就好像有人在塑料袋上画了一张脸，然后把它套在一颗头骨上。但她还在动，我知道她依然存在。贪婪的欲望刺激着她爬起来，她想再活几百年。

"围攻，"我说，"在她站起来之前！"

女巫克拉拉之
重生轮回

第二次比第一次容易一些。所有人都知道应该怎么做了——什么也不是和奥斯卡也是。也许这个不那么"真实"的地方让我们更加勇敢无畏。

包围圈很快就形成了。火圈在这里发出的光比较黯淡，原本红色的火焰有些泛蓝白色，但力量并没有被削弱。布拉维塔又被我们围起来了，火光在她无神的眼睛里跳跃，但她什么也没有说。

还有一些不同。我们吟唱的声音在空旷的空间里出现了长长的回音，一波接着一波，所以我们并不需要一直唱，声音不会立即停止。

"我们走吧。"我趁着回声萦绕时说。

"去哪儿？"奥斯卡问。

"我们要去找最后一座桥。"我说。

"那……你大概知道它在哪儿吗？"

"我猜任意一个方向都可以，"我说，"如果准备好了，它就会出现。"

我们开始向前走，布拉维塔也不得不跟着我们一起走。她走得跌跌撞撞，我不知道她是不是很难站起来，也不知道她的腿是不是很疼，还是说，她真的快要崩溃了。不过可以看出，用那只剩下骨骼的腿走路肯定不容易。但她让我的心脏停止了跳动，我没有了心跳也就不会有同情心了，不是吗？

"你说过，活着的人不能在这里待太久。"走了一会儿后，什么也不是说，"但怎么才能知道时间有没有过

'太久'呢？"

　　是个好问题。我很确定这里应该不会有天亮的时候，冰冷的星空不动声色，灰色的尘埃丝毫没有变化。我的眼睛已经习惯了灰蒙蒙的四周，能看出远处的地平线不太对劲。地球是一个巨大的球体，所以地平线是向下弯曲的。而这里，地平线向上弯曲，我们就像在一个巨大的圆球里。我突然想到那种摇一摇就会有雪花飘落的玩具水晶球，不同的是，这里只有尘土，而且没有可爱的塑料小房子和雪人。

　　真奇怪，我们已经走了很久——至少感觉是这样——但除了遥远的地平线，我们什么都看不见。接着，我们就在飞扬的尘土里看到了一座如高塔般矗立的拱桥——由灰烬和尘埃搭建的桥。它起初像空气一样没有形状，后来就变得像肉和血、像石头和星星一样有形。

　　我们抵达了最后一座桥。

　　布拉维塔骷髅般的脸已经完全没有生机。她的脉搏停止了跳动，皮肉无法伸缩，全身上下没有一丝生命的迹象，只剩下一张冰冷的面孔。

　　"你真的知道应该怎么做吗，小女巫？"她说。比起愤怒，她的声音里更多的是疲惫。

　　"知道。"我撒谎说。

　　"我原本可以改变荒野世界的命运。"

　　"我知道。但是你太贪婪也太野蛮，你夺走了太多生命。"

　　她抬起头，让寒冷的蓝色星光更均匀地洒落在她几近僵死的脸上。

"我太贪婪？"她说，"我夺走了太多生命？你真的眼瞎了吗，小女巫？你看不出我夺走的生命和你盲目的同类所伤害的相比，只是沧海一粟吗？最可怕的是，你们却浑然不自知。每一天，每个小时，荒野世界都在缩小，动物和植物在死去，抑或是灭绝。你的小猴子朋友很快就要感受到孤独了。那只跟着你躲进防护屏障的鹿已经是那个物种的最后一只了——人类吃它们并不是为了生存，而仅仅是觉得动物和植物到处都是，或只是为了满足他们的口腹之欲。如果让这一切继续下去，那你就要担负让荒野世界消亡的罪名。"

冰冷的星星挂在天上，四周一片寂静，她的话语仿佛刺穿了我的身体，敲打着我那已不再跳动的心脏。

我无法反驳。

现在，我感受不到曾经得到的安全感——我对于莉博士说布拉维塔不是问题的答案。如果于莉博士说的是真的呢？如果荒野世界正是需要布拉维塔来拯救才能复兴呢？

"这是我给你的建议，"她继续说，"这不是诅咒，我不需要把魔法或巫术幻化成文字，因为无论我希不希望，它都会发生。回到世间去吧——现在这是你的责任了。每当有动物因为人类的贪婪死去或是灭绝，那都是你的责任。如果你不尽自己所能保护它们，到了你的身体不再有一次呼吸或一滴血的那一天，你就会让它们失望，也会让我失望。你要倾尽所有保护它们的生命，因为我本来可能会做得更好。”

我慢慢地摇了摇头。她应该知道，我愿意用尽我的生命为荒野世界斗争，只要我还活着。

“这件事还是让别人来做吧。”我冷静地说。我让包围圈的火熄灭，接着拉起她骷髅般瘦弱的手，“来吧，布拉维塔，你现在该回家了。”我抬起脚，踏上拱桥的第一块石头。

“你？”她说着试图抽出自己的手，“你要追随我过去吗？别说你想这么轻易地摆脱自己的责任。”

但她挣脱不了，我猜这并不是我的力量，而是这座桥的神奇魔力。我不需要用力便能抓紧她的手，我们之间似乎已经被无形的手铐连在一起了。

“克拉拉！你在做什么？”奥斯卡大声喊，“你不能留下我们自己一个人去啊！”

“你一旦过了这个桥，就再也回不来了！”卡赫拉冲我喊道。

“你不能去，”什么也不是说，“你是我的朋友，如果一定要有人过这座桥，还是让我去吧！”

阿库斯用悲伤的大眼睛注视着我。小猫什么也没说，它跳到我的肩上，让我明白无论我去哪儿，它都要和我一起。

我摇了摇头。

“不可以这样，小猫，”我说，“和其他人一起回去吧。”

它低下头，一声接着一声地尖叫，那叫声深深刺痛着我的心。我用可以自由活动的那只手把它从肩膀上抱下来，但它牢牢地挂在我的胳膊上。"一起！"它祈求。

"不行！"我把它扔向奥斯卡怀里，"照顾好它！"

奥斯卡看起来就像被我用肉锤击中了脑袋。

"不是吧？！"他说，"你不能就这样和她一起去死。"

"我别无选择。"我说，"在布拉维塔击中我的时候，我的心脏就停止跳动了。自从来到尘埃之谷，我就没有感受到任何心跳。我确信我已经死了。如果我带走了布拉维塔，那么至少还做了些什么。"

奥斯卡的脸看起来如石头般僵硬，我试图说些什么安慰他。

"死亡有很多种方式，"我说，同时也希望我不会变成布拉维塔，"也许我们还能在某个地方见面。"

这句话我自己都不相信。我不知道桥的另一头是什么，但在桥的正上方有一个"单向"指示牌，比普通的街道标志还要高很多。从这里开始，就没有回头路了，我再也见不到我的爸爸妈妈了，我也无法成为一个可以保护荒野世界的睿智女巫了，而且再也没有机会想清楚我和奥斯卡之间是不是只是单纯的友谊了。

太难了。如果再多待一会儿，我可能就没有勇气走过去了。

"来吧，布拉维塔。"我晃了晃抓着她的手，她只好跟着我迈开步子。

我们向桥的另一头走去。

WILD WITCH

Chapter 21
第二十一章
最后一座桥

我的眼前是灰烬、尘埃和石头。拱桥向着天空高高耸立着，我完全无法看到另一头的景象，连星星都看不见了。我原本希望这里的环境会乐观一些，就像曾看到的吉米和她妹妹散步的梦境森林，待在那里应该会很不错。

布拉维塔停下了脚步。奇怪的是，她的脸看起来没刚才那么死气沉沉了，虽然疲惫，但看起来更像……人。

"你走吧，"她说，"你不需要一直跟着我，我更希望你回去兑现对我的承诺。"

"我没有对你承诺什么。"我迟疑地说。

"没有吗？我听到了，你说愿意用自己余下的生命为荒野世界而斗争。"

"那你应该也听出我的心脏已经停止跳动了吧？"我生气了，"你杀死了我！在把你送到桥的尽头之前，我不会离开的。"

她扭头不再看我。她眼神里的疲惫一扫而光，我看到了一丝异样。

"什么……"

我扭过身子回头看，发现有人在桥上。她走得很慢，也很吃力，好像在逆风前进，但我和布拉维塔都没有这种感觉。

是阿里西亚。她的裙子在空中飞扬，她看起来已经愤怒到失去理智。

"凶手！"她喊道，"你杀死了我的小女儿。"

我吗？我没有。她之前怪罪我妈妈，现在又来怪罪我吗？她还不明白自己的女儿压根儿没死，只是逃走去过自己的生活，已经成了一位成年女性吗？

最后，我才发现，她并不是要找我报仇。她正恶狠狠地盯着布拉维塔，试图抓住她。原来她刚刚说的是成年莉娅的死。

桥上的石头在阿里西亚的脚下滑落，逼着她后退了一步。这座桥刚才还无比坚固，现在却开始晃动。强风吹起她的裙摆和头发，使她行走吃力。到底发生了什么？

终于，她来到了我们站着的拱桥顶部。

"去死吧，你这个恶魔！"她低声说，"死——带着我，让我和莉娅团聚！"

她挤进我和布拉维塔之间，举起胳膊向后一甩，胳膊肘正好戳到了我的胸口，我的体内传来一阵剧痛。

"放开我！"布拉维塔虚弱地说。我不知道她是在和我说话，还是和阿里西亚讲。

接着传来一声巨响，桥开始晃动。风里夹杂着尘土和灰烬，我不得不揉揉眼睛，呼吸也变得艰难起来。

呼吸？如果心脏不跳也就意味着无法呼吸了吧？

我还没有想明白……

我脚下的桥消失了。巨大的石块有的向上飘起，有的向下坠落，就像秋天风暴里的落叶。我被巨石击中了无数次，突然间我才发现，我紧抓着布拉维塔的手在不知不觉中松开了。我在此起彼伏的石块间不断上升，似乎有千万只动物的能量聚集在一起，在下面托住我，就像我上次创造彩虹屏障时一样。我向下看，看到布拉维塔和阿里西亚掉了下去，起先是两个人，然后合为一体。我还在不断上升，没有注意到她们是如何摔落到地面的。但我能感觉到什么东西打开了，虽然不确定那到底是什么。风暴太强烈，我完全无法睁开眼睛，也不知道自己要被吹向何处。我只知道，如果再不能呼吸的话我就要死了——我的身体在震动，我的心脏挤作一团，太痛了，我甚至希望自己已经死了。

但我又那么清晰地知道自己还没死。

我还活着。

我降落了。

荒野迷雾笼罩着我，周围安静了许多。

"醒醒！"奥斯卡喊叫着，再次用力按压我的胸口，"呼……吸……"

终于，空气流入我的肺，又流出去。心脏开始缓慢跳动……我半睁着眼睛，几乎看不见什么，不过能闻到烧焦的烤肉味儿，和布拉维塔击中我胸口时闻到的一样。

过了许久。

我不断地在恢复意识和失去意识间徘徊，在有和无中游荡。

女巫克拉拉之
重生轮回

　　有人抬起我，托着我。我应该正躺在担架上。我不住地流汗，好像在火炉边待了太久。有人说："一定是闪电，看这儿的伤痕。"

　　"现在只要确保心脏在跳动，"另一个人说，"其余的以后自然会康复。"

　　我梦到自己还在尘埃之谷。我一刻不停地在灰烬和尘土间游荡，但怎么也找不到那座桥——既找不到回归生的桥，也找不到通往死的桥。我一直在这儿，找啊找，待了太长时间，几天，几周，几年，永远……或者只是一瞬间？我没有办法数到底过了几秒还是几天，因为我没有脉搏也没有心跳，只看到一动不动的寒星。接着，我看到有什么在向我靠近，我冰冷的心房燃起了一丝希望。是我的荒野世界的朋友们，他们回来找我了，还是……不是，不是他们。有五个身影。如果是我的荒野朋友们，加上我才有五个。那在最前面拍打着翅膀的是谁呢？是秃鹫吗？

　　不，幸好不是。两只黑色的鸟舒展着翅膀，像是乌鸦。

　　那五个人正在朝我靠近，但他们看不见我。爱莎姨妈，不是我以往看见的那样——她的眼神遥远而空洞，目不转睛地盯着飞在最前面带路的乌鸦。她右手边的米拉肯达大师如同失重一般移动着，活像去月球探险的宇航员，他的驼皮大衣在飞扬。波莫雷恩斯夫人透过眼镜的边缘注视着前方，既不恼怒也不友好，但是看起来充满决心。

珊妮娅是离我最近的一个，她看向我的方向，焦点却总在错误的位置——先是在我身后，转而又太靠左。

"珊妮娅！"我大喊。我能听到自己的声音，她却没有任何反应。尽管没有风，她黑色的长发依然在空中飘扬。微弱的星光照耀着她手套上的铆钉和指尖银色的指甲油。

走在最后的是马尔金先生。他是最让我感到害怕的人，一开始我没有反应出为什么，后来我意识到，那是因为星光正好穿透了他。他就像书中格来米亚的魂魄一样，全身透明。头顶的帽子和身上可爱的粗花呢套装让他看起来有些恐怖。

他是最接近死亡的那个人吧？我心想，然后紧张地低头看了看自己。我穿的已经不再是自己的衣服，而是一件宽松的白色袍子，我愈加担心了，因为这正是传说中魂魄该有的样子。

他们从我身边走过，我试图跟上他们，但立马被淹没在尘埃里了。

"爱莎姨妈！"我扯开嗓门儿大喊，"珊妮娅！波莫雷恩斯夫人！等等！"

但没有人注意到我。尘埃卷集成一阵龙卷风，远方传来一声乌鸦的啼叫，接着，他们都走了，人和乌鸦都飞走了。

他们找到了桥，但我不知道是那座通往生的桥，还是带他们走向死亡的桥。

等我醒来时，已经过去好几天了。我正躺在医院的病床上，一只手臂被柔软的纱网固定在床上。我全身上下还有好几处在隐隐作痛。我穿着的不是魂魄的白袍子了，而是最普通的白色病号服。我听到了微弱的声音——有人正坐在我的床边，抓着我的手为我唱荒野之歌，声音那么低沉，几乎听不见。

我睁开眼睛。

是爱莎姨妈，她看起来也很虚弱，她现在应该躺在病床上，而不是坐在我身边。她的头发中多了些许白发，眼神有一丝游离，好像整个人还没有完全回归到正常的时间和生命中来。

"爱莎姨妈……"我叫道——实际上说出口的只是一声嘶哑又细微的呼唤。

"我在，"她说，"我又活过来了，和你一样。"

我太开心了。她现在在这儿，就说明他们五个人都没有去死亡之国。她的手温暖有力，我知道她不会松开我……噢，我也不知道已经过去了多久，但至少有几天几夜了。这么久以来，我第一次有了安全感，终于摆脱了噩梦。我很期待看到爸爸妈妈、奥斯卡，还有其他荒野世界的朋友们。我现在就这样拉着爱莎姨妈的手，知道一切都好了，知道她会一直陪伴我，直到所有的疼痛都消散，这种感觉真的太美妙了。

WILD WITCH

Chapter 22
第二十二章
重振荒野世界

　　后来我才知道，阿库斯和卡赫拉几乎背叛了乌鸦壶，因为他们"置最后的乌鸦于危险中"，而且"违背了乌鸦之母的意愿"，唤醒了爱莎姨妈、卡赫拉的爸爸还有其他陷入时间之冰的人。他们在时间之冰里完全无法移动，后来爱娅找到了通往时间的道路，救活了他们。听到这些时，我发现最后的噩梦也许并不只是一场梦。我在尘埃之谷看见的乌鸦应该正是爱娅和它的同伴，尽管梦里的它们看起来体型更大。崖柏现在还各种抱怨，但她也拿这几个到过尘埃之谷、见过最后一座桥，最后还活着回来的巫师没有办法。

　　"我知道，没有巫师的帮助的话，医生应该无法让你彻底痊愈。"和奥斯卡一起来看望我的卡赫拉说，"我相信爱莎是最棒的人选，她看起来也比我更正常些，而我可能会在医院里引起骚乱。"

　　"你爸爸还好吗？"我问。

　　她的脸上闪烁着光芒，点了点头。"他现在很累，腿很无力，但每天都在好转。马尔金先生受伤最严重，但也好多了。而且，我觉得爸爸如释重负，因为他不用再对我撒谎了。"

　　奥斯卡低着头，不敢直视我的眼睛。我和他之间到底是不是男女朋友关系，这件事一直像荒野迷雾一样萦绕在我们心头，很难揭开谜底。

"你好些了吗？"他问。

"是的，好多了。"

"我们找到了莉娅的家人，"他说，"告诉他们……莉娅不会回来了。这真的不是一件容易的事。但奇怪的是他好像已经预料到了，我是说迪万。他说，莉娅曾经告诉过他，她终有一天会离开。"

"但她也向他承诺会回去，"我说，"如果她可以的话。但她回不去了。"

"我们找到了竖琴，拿给了他们。"卡赫拉说，"她的女儿缇丽在弹奏它。有时候，她弹奏的旋律和卡米拉的一模一样，几乎让人以为……"

她没说完这句话，但我听懂了她的意思。

"对于卡米拉来说，竖琴和她用竖琴弹奏的音乐就是她的生命和灵魂，"我说，"这就是她放弃了莉娅的身份追求到的。所以，她依然存在于她的音乐里。"这样想想，就让她的死亡更容易被大家接受一些。

"我们很幸运。"我小声说。因为至少我们还有时间、有机会和以前一样做最好的朋友，而且"克拉拉和奥斯卡是男女朋友"这句话可能没那么糟糕。

我躺在医院时有大把的时间用来思考。等后来出院了，我身体被灼烧得最厉害的地方还留着粉红色的伤疤，我愈发感觉到自己还活着是一件太幸运的事。出院后，妈妈立马开车带我去了爱莎姨妈家。

"接下来，爱莎姨妈就能帮我彻底痊愈了。"我说。但妈妈不着急。

"顺其自然，"她说，"等到能回家的时候再回家。"

我躺在爱莎姨妈家里，耐心等待伤口愈合，让受伤的肌肉和神经恢复。夏天到了，我已经可以走路了，也可以拿起一些不沉的东西，但在抓一些小东西比如铅笔的时候，会很容易滑落。如果爱莎姨妈不每天对我唱荒野之歌的话，我会经常头疼，还会耳鸣。妈妈知道的。

防护屏障还保留着，但如果要找这里的话还是能找到。偶然的过客不会注意到这座房子，妈妈这样说。

在听到汽车的声响后，汤普开始在房间里汪汪叫。我一打开门，小猫就跳进了我的怀里，它比我们上次见面时重了足足有一公斤。

"我——我——我——我——"小猫叫喊着，在我的脸颊和脖子上蹭来蹭去。住院的时候，感觉夜晚太难熬或者太孤独时，我就会溜走一会儿，和小猫在一起。

什么也不是拍打着翅膀和爱莎姨妈一起出来——当然，什么也不是是飞出来的，爱莎姨妈是安静地走出来的，和往常一样。

"我有名字了，我有名字了，"什么也不是开心地叫着，"你想知道叫什么吗？"

"当然。"

它停顿了一下，似乎又有些不自信，"你保证不会笑话我？"

它小巧的脸看起来既严肃又紧张。

"当然。"我说。

"我想叫……阿米卡。"

"很好听啊。"我很为它开心，它终于决定了自己要叫什么。

"可是为什么选这个名字呢？"

"因为它的意思是'朋友'。既然是某人的朋友，那么就不是什么也不是了吧。"

很难给什么也不是，不，阿米卡一个拥抱，因为要么需要把它举起来，要么要让它一直拍打着翅膀停在半空中。但最后，我还是成功了。它的羽毛柔软、干净又整齐，它因为我的拥抱而欢欣鼓舞，也为我喜欢它的名字而由衷开心。

"你爱莎姨妈也喜欢我的新名字，"它骄傲地说，"是吧？"

"是，"爱莎姨妈说，"我觉得这个名字非常适合你。阿米卡，大家都能看出我们是一家人了。"

我静静地站在庭院里，太阳暖洋洋地晒着我的背。四周全是生命，我能用荒野感知感受到。一只鹿正睡在绿树的阴凉里，水獭一家正拍打着尾巴嬉戏。

"它们已经在这儿了。"我对爱莎姨妈说。

"是的，"她说，"我正想和你谈谈。你之前是否想过，

WILDWITCH

女巫克拉拉之
重生轮回

我的荒野防护区可以变成濒危动物的保护地吗？"

"我其实承诺过这件事。"我说，但没有说是向谁承诺的，"我本来想在其他地方建立保护区，但防护屏障已经在这儿了，我们只需要扩大它的范围。"

"只？"她挑了挑眉毛，"如果你能做好这件事，那就真的太令我惊喜了，克拉拉宝贝。"

这一般是妈妈对我的昵称，爱莎姨妈很少会这么叫我。我猜她也觉得这样叫我更好玩儿，更亲切。

"我认为可以的，"我回答，之后又略有保留地说，"如果我们每个人都能贡献自己的力量。"

小猫又开始蹭我的脸，比刚才还猛烈。

"我！"它激动地叫着。渐渐熟悉了猫语，我就能理解它在说什么了——"你不需要其他人，你有我。"

但这一次，它说得并不准确。

"我们要互相帮助，"我坚定地说，"所有人。"